17

ÉMILE VERHAEREN

Sa vie, son œuvre

Né à Vienne en 1881, fils d'un industriel, Stefan Zweig a pu étudier en toute liberté l'histoire, les belles-lettres et la philosophie. Grand humaniste, ami de Romain Rolland, d'Émile Verhaeren et de Sigmund Freud, il a exercé son talent dans tous les genres (traductions, poèmes, roman, pièces de théâtre) mais a surtout excellé dans l'art de la nouvelle *(La Confusion des sentiments, Vingt-quatre heures de la vie d'une femme)*, l'essai et la biographie *(Marie-Antoinette, Fouché, Magellan...)*. Désespéré par la montée du nazisme, il fuit l'Autriche en 1934, se réfugie en Angleterre puis aux États-Unis. En 1942, il se suicide avec sa femme à Petrópolis, au Brésil.

Paru dans Le Livre de Poche :

STEFAN ZWEIG

Émile Verhaeren

Sa vie, son œuvre

TRADUIT DE L'ALLEMAND PAR PAUL MORISSE ET HENRI CHERVET

LE LIVRE DE POCHE

*À Camille Lemonnier
en admiration affectueuse.*

Son tempérament, son caractère, sa vie, tout conspire à nous montrer son art tel que nous avons essayé de le définir. Une profonde unité les scelle. Et n'est-ce pas vers la découverte de cette unité-là, qui groupe en un faisceau solide les gestes, les pensées et les travaux d'un génie sur la terre, que la critique, revenue enfin de tant d'erreurs, devait tendre uniquement ?

Émile VERHAEREN, *Rembrandt*.

PREMIÈRE PARTIE

1883-1893

LES FLAMANDES. LES MOINES. LES SOIRS.
LES DÉBÂCLES.
LES FLAMBEAUX NOIRS. LES BORDS DE LA ROUTE.
LES APPARUS DANS MES CHEMINS.

CHAPITRE PREMIER

L'époque nouvelle

Tout bouge et l'on dirait les horizons en marche.

« La foule »

Notre époque diffère de toutes celles qui l'ont précédée et ce moment d'éternité que nous vivons impressionne aussi différemment notre sensibilité. Seule, immortelle, la terre reste immuable et sans âge, champ obscur où le retour régulier des saisons fait alternativement éclore et mourir les fleurs. Seuls, les éléments poursuivent leur action invariable et les jours succèdent inexorablement aux nuits. Pourtant, ce qui est comme la face spirituelle de la terre s'est transformé : l'activité humaine, partout où elle a pu atteindre, a porté le changement. Ce qui s'est transformé se transformera encore. L'évolution des phénomènes intellectuels se précipite chaque jour davantage. Jamais cent courtes années ne furent aussi remplies que le siècle qui vint s'achever au seuil de celui-ci. Des villes ont étendu soudain leur énormité confuse, impénétrables, sans fin, pareilles aux forêts vierges d'autrefois, qu'on a défrichées et qui sont disparues. L'effort de l'homme tend de plus en plus vers la connaissance de l'infini et des éléments primordiaux dont la nature gardait jalousement le secret. Il a capté la foudre et sait parer aux surprises des orages. Des pays, séparés jadis, sont liés par l'arc de fer qu'on jeta par-dessus les fleuves ; des mers sont enfin réunies qui depuis des siècles vainement se cherchaient ; et, joignant les peuples éloignés, à travers les airs sont tracées des routes nouvelles.

> *Tout a changé : les ténèbres et les flambeaux.*
> *Les droits et les devoirs ont fait d'autres faisceaux ;*
> *Du sol jusqu'au soleil, une neuve énergie*
> *Diverge un sang torride, en la vie élargie ;*
> *Des usines de fonte ouvrent, sous le ciel bleu,*
> *Des cratères en flamme et des fleuves en feu ;*
> *De rapides vaisseaux, sans rameurs et sans voiles,*
> *La nuit, sur les flots bleus, étonnent les étoiles.*
> *Tout peuple réveillé se forge une autre loi ;*
> *Autre est le crime, autre est l'orgueil, autre est l'exploit[1].*

Différents aussi sont les rapports de l'homme à l'homme, et de l'homme à la société. Le réseau des lois sociales s'est resserré tout en ayant ses mailles plus lâches, et notre existence, en même temps que rendue plus facile, est devenue plus pénible.

Mais voici que s'est produit un événement plus important encore. Cette transformation ne touche pas uniquement les réalités humaines, mais encore l'ordre métaphysique. Non seulement nous vivons en d'autres cités, habitons d'autres maisons, revêtons d'autres

---

1. « Aujourd'hui », *Les Héros*.

costumes ; mais, au-dessus de nous, l'infini lui-même, qui semblait intangible, ne nous apparaît plus tel qu'il était pour nos pères. L'évolution des mœurs implique un changement dans notre conception de l'abstrait. Le temps et l'espace, ces formes indéfinies de la pensée humaine, se sont modifiés. La notion du temps n'est plus la même, car nous le mesurons par rapport à de nouvelles vitesses. Il fallait des jours à nos ancêtres pour cheminer sur des routes que nous parcourons en une heure ; une nuit brève suffit à nous conduire dans des pays que jadis séparait de nous un voyage plein de difficultés et d'ennui. Les anciens devaient sacrifier un an de leur vie pour pouvoir contempler les ciels merveilleusement étoilés dans les monstrueuses forêts tropicales : nous, tout à coup, nous en pouvons rapidement gagner l'accès. Grâce à cette rapidité nouvelle, la mesure de la vie a, elle aussi, changé. De plus en plus le temps triomphe de l'espace. Notre regard, qui peut, dans les froides constellations, distinguer immédiatement les formes pétrifiées des aspects primitifs, sait encore apprécier d'autres distances. La voix semble être mille fois plus puissante depuis qu'elle peut se faire entendre à des kilomètres d'éloignement. Selon ces rapports nouveaux entre les forces naturelles, nous avons une sensation différente de l'étendue terrestre. La vie, dont la cadence s'est élevée et accélérée, nous semble battre sur un rythme plus neuf. La distance qui sépare le printemps du printemps augmente et pourtant diminue ; l'heure est à la fois plus longue et plus courte ; plus longue et plus courte aussi toute notre existence.

C'est pourquoi nous devons nous créer une sensibilité appropriée à notre époque. Nous comprenons

tous que ces nouveautés échappent aux vieilles
mesures de nos ancêtres. Ce n'est pas avec des sens
déjà oblitérés que nous pouvons affronter cette vie
nouvelle ; il nous faut acquérir une autre notion de la
distance, une autre notion du temps, une autre notion
de l'espace. Sur ce rythme de fièvres et de nerfs, il
nous faut inventer une musique originale. Au stade où
nous sommes de l'évolution humaine, morale, beauté,
éthique demandent impérieusement à être renouve-
lées. Et de cette confrontation inattendue entre nous
et le monde nouveau avec le nouvel inconnu, doit
sortir aussi une religion neuve, un Dieu nouveau. Un
sentiment cosmique, inconnu jusqu'ici, vient sourdre
et s'élever en nous.

Mais ce qui est nouveau veut être coulé dans des
expressions qui lui soient propres. Ce temps-ci veut
ses poètes, des poètes dont la vision soit à sa mesure,
des poètes qui, pour traduire les rapports nouveaux,
parcourent entièrement l'orbe brûlant de la vie. Pourtant presque tous nos poètes sont timorés : ils se rendent compte que leur voix ne vibre pas à l'unisson
de la réalité ; ils ne sont pas encore incorporés à elle.
Les mots qu'ils profèrent ne sauraient l'exprimer. Ils
en ont l'impression confuse, et dans les grandes villes
ils sont comme des étrangers. Ils sont comme des
barques échouées, poussées par les courants impétueux des sentiments nouveaux. Ils s'en effraient et
n'osent les pénétrer. Ils acceptent bien de profiter du
luxe et du confort que leur offre la vie moderne, avec
les perfectionnements des arts et des métiers, et les
améliorations de l'organisme social, mais, dans leurs
poèmes, ils ne tiennent aucun compte de tous ces

phénomènes qu'ils sont incapables de dominer. Ils reculent devant la tâche d'une transmutation de la valeur poétique, se refusant à l'émotion lyrique qui jaillit du monde nouveau. Ils se tiennent à l'écart. Ils fuient le présent et l'avenir, ces formes de l'éternel, pour se réfugier dans l'immuable. Ils chantent les étoiles, le printemps, le murmure invariable des sources, et la fable de l'amour ; ils n'abandonnent aucun des antiques symboles, et se confient aux anciens dieux. Ils ne poursuivent pas l'éternité jusque dans l'heure présente, dans la coulée du métal en fusion : ils se dérobent à cette forge, et ils grattent le sol froid du passé, comme s'ils voulaient toujours en déterrer de vieilles statues grecques. Cela ne fait point qu'ils soient sans valeur, mais s'ils nous ont parfois apporté une œuvre d'importance, jamais ils ne nous ont donné le nécessaire.

Celui-là seul parmi les poètes sera vraiment utile à ses contemporains, qui sera impérieusement inspiré par la beauté et la nécessité des choses contemporaines. Cet homme, ce poète mettra tout son effort à accorder sa sensibilité à celle des hommes qui l'entourent ; le rythme de ses poèmes ne serait autre que l'écho de celui de la vie universelle ; le battement de son cœur scanderait la course vertigineuse de toute notre époque, et notre propre sang coulerait dans ses artères. Qu'il ne méprise point pourtant tout de l'idéal ancien, surtout s'il veut en créer un nouveau : tout véritable progrès implique la collaboration intime du passé. Pour ce poète, le progrès doit être, comme dit Guyau, « le pouvoir, lorsqu'on est arrivé à un état supérieur, d'éprouver des émotions et des sensations nouvelles, sans cesser d'être encore accessible à ce que contenaient de grand ou de beau ses précédentes émotions[1] ».

Notre temps saluera comme son vrai poète celui-là seul qui en aura profondément ressenti toute la grandeur. Que nos préoccupations à tous deviennent les siennes. Qu'il s'attache à la solution du problème actuel comme s'il était directement et personnellement intéressé. En lui, les générations futures verront le résumé des luttes que l'humanité a dû soutenir pour évoluer des origines jusqu'à elles ; elles retrouveront là ces minutes splendides où l'homme, aux prises avec le sentiment cosmique, a dû combattre pour en dégager l'assurance de sa propre personnalité et conquérir son identité psychique. Et s'il arrive que l'œuvre d'un de ces poètes ait perdu de son unité, que ses vers semblent désuets et ses images pâlies, il en demeure toutefois la substance précieuse, les dessous invisibles de son inspiration ; la mélodie, l'effort puissant, le rythme de toute une époque y sont impérissablement conservés. Ces mêmes poètes qui éclairent la route pour les hommes de l'avenir, pour les poètes de demain, sont ceux qui ont, avec la signification la plus pleine, incarné l'esprit de leur propre temps.

Et c'est pourquoi l'heure est venue de parler d'Émile Verhaeren, le plus grand de nos lyriques d'Europe et peut-être le seul des hommes de nos jours qui ait eu la conscience claire de ce que le présent enfermait de poésie, qui ait su en dégager la forme artistique, qui, avec une émotion et une habileté

---

1. Guyau, *L'Esthétique contemporaine*.

technique incomparables, ait pour ainsi dire sculpté le poème de notre temps.

Toute notre époque se reflète dans l'œuvre de Verhaeren. Tous ses aspects nouveaux y sont envisagés : les sombres silhouettes des grandes villes, la tempête menaçante des foules populaires, les mines avec leurs puits, les cloîtres silencieux qui meurent dans l'ombre lourde. Il n'est pas aujourd'hui de force spirituelle qui chez lui ne soit devenu poème : l'idéologie, les conceptions sociales subversives, la lutte sans merci de l'industrie et de l'agriculture, la puissance démoniaque qui tire les hommes hors des saines campagnes pour les jeter aux agitations brûlantes des grandes cités, tout le tragique de l'émigration, les crises financières, les conquêtes éblouissantes de la science, les conclusions de la philosophie, les acquisitions des arts et des métiers, jusqu'à la théorie impressionniste de la couleur. Toutes les manifestations de l'activité moderne se reflètent dans l'œuvre de Verhaeren et s'y transmuent en poésie.

Tout se passe dans l'âme visionnaire du poète, d'abord confusément impressionnée ; puis vient la compréhension, et enfin l'enthousiasme d'un Nouvel Européen. Quelle est la genèse de cette œuvre ? À travers quelles crises, au prix de quelles résistances, le poète a-t-il pu faire sien ce sentiment de la nécessité et dégager la beauté de la nouvelle forme du Monde ? C'est là ce qu'il faut dire. Si, dans le temps présent, on voulait marquer la place de Verhaeren, ce ne serait pas tant parmi les poètes. Joailliers, artisans, musiciens ou peintres, ceux-ci ne sauraient lui être comparés. Il n'est ni à côté ni au-dessus d'eux. Sa place est au premier rang des grands organisateurs, de ceux qui savent endiguer et diriger les nouveaux courants qui entraînent la société, qui commandent, pour en précipiter ou en retarder le choc, aux énergies surexcitées. Il est au premier rang des philosophes qui, dans une géniale synthèse, tâchent d'unir et de discipliner toutes ces forces impulsives, obscures encore et désordonnées. Recréer l'Univers par le verbe, lui imposer volontairement des formes nouvelles, selon des lois esthétiques dictées par un nouvel enthousiasme, tel est l'effort de la poésie de Verhaeren. Poète du temps présent, il en est encore le Prédicateur. Le premier, il en a senti la magnificence, sans vouloir, comme tant de mièvres embellisseurs, se livrer à ces retouches qui atténuent les zones noires et renforcent les plages claires. Nous montrerons, au contraire, par quel effort intense et douloureux la compréhension de la nécessité moderne s'est imposée à lui. Après l'avoir rejetée, il l'a enfin transformée en beauté selon ses fins dernières. Sans plus regarder en arrière, il a tourné ses yeux vers l'avenir et pour lui, comme pour Nietzsche, le siècle présent dépasse tous les siècles écoulés : car il est à la fois l'aboutissement de tout le passé et le point de départ de l'avenir. Que ceux qui déclarent notre siècle misérable et médiocre l'accusent d'exagération, comme s'ils pouvaient mesurer la grandeur ou la petitesse des époques révolues.

C'est uniquement la confiance des hommes qui y vivaient qui fait la grandeur d'un temps ; c'est l'admiration qu'ont pour lui ses poètes, la puissance que lui attribuent ses hommes d'État. Verhaeren dit de Shakespeare et de Hugo : « Ils grandissaient leur siècle[1] », et des génies tels que Rembrandt : « Si plus tard, dans l'éloignement des siècles, ils semblent traduire mieux que personne leur temps, c'est qu'ils l'ont recréé d'après leur cerveau, et qu'ils l'ont imposé non pas tel qu'il était, mais tel qu'ils l'ont déformé[2]. » En magnifiant leur temps, en exaltant même de fugaces événements par une vue plus large des choses, ils se magnifiaient eux-mêmes. Alors que les écrivains qui rapetissent tout à leur taille et les indifférents se rapetissent eux-mêmes, à mesure que s'éloigne leur siècle, jusqu'à s'effondrer dans la dispersion totale de leur personnalité, les vrais poètes, eux, nous proclament du fond des âges l'heure qui sonnait à leur temps, comme une horloge lumineuse au haut d'une tour. Que reste-t-il des autres ? un poème, quelques sentences, un livre peut-être : quelques miettes. Mais de ceux-ci nous retenons la vision, l'essentielle idée de toute une époque, et cette musique de la vie que les timides et les humbles de l'avenir seront avides d'entendre, faute de pouvoir comprendre le rythme de leur propre temps !

Ainsi Verhaeren, visionnaire enthousiaste, est le grand poète d'aujourd'hui, parce qu'il est le poète nécessaire et le poète de la nécessité. Il ne se contente pas de décrire la réalité moderne : il y applaudit. Il ne l'envisage pas sous un étroit positivisme : il célèbre la beauté qui s'en dégage. De notre époque il accepte tout, jusqu'aux résistances qu'il rencontra ; il y vit l'occasion heureuse d'accroître en lui l'instinct combatif de la vie. Son œuvre poétique est comme un orgue

---

1. « L'art », *Les Forces tumultueuses*.
2. Émile Verhaeren, *Rembrandt*.

où se serait comprimé tout l'air que nous respirons. Lorsqu'il appuie sur les touches blanches et noires, lorsqu'il traduit des sentiments de douceur ou de force, c'est cet air qui fait vibrer tous ses poèmes. Tandis que les autres font entendre une voix toujours plus lasse et plus éteinte, plus timide et plus isolée, Verhaeren chante d'année en année plus haut et plus clair. Cet orgue est plein de résonances sacerdotales : il s'en exhale la force mystique d'une suprême prière. C'est bien en vérité une force religieuse, non point de renoncement, mais de confiance et de joie. À lire ces poèmes, le sang circule dans les artères, plus rapide, plus rouge, plus frais, notre monde nous paraît avoir plus d'emportement, plus d'âme et de beauté. En nous le sentiment de la vie, comme une flamme qu'allumeraient ses vers pleins de fièvres, se répand plus riche, plus mâle et plus jeune.

À notre existence d'aujourd'hui, troublée et indécise, rien n'est plus nécessaire que de sentir en nous se rajeunir la vie. Aimons donc, par-dessus la littérature, les ouvrages de Verhaeren, et parlons de ce poète avec ce même enthousiasme pour la vie qu'il a été le premier à nous enseigner.

CHAPITRE II

La Belgique moderne

Entre la France ardente et la grave Allemagne.

« Charles le Téméraire »

La Belgique est un des carrefours de l'Europe. Bruxelles, cœur d'un immense système artériel de voies ferrées, est éloignée de quelques heures à peine de l'Allemagne, de la France, de la Hollande, de l'Angleterre. Dès qu'on quitte les côtes belges, les plaines sans chemin de la mer s'ouvrent vers tous les pays et vers toutes les races. Ce territoire n'est pas grand, mais c'est un miroir à mille facettes qui présente en raccourci comme un abrégé du multiple univers. Tous les contraires s'y dressent face à face, avec des contours aigus. Le train haletant passe devant les charbonnages, les hauts fourneaux qui, dans un ciel de cendres, clament le verbe en feu du travail ; voici qu'il traverse des champs dorés et de vertes prairies où paissent des vaches bien soignées et superbes ; puis ce sont de grandes villes, où le ciel se hérisse d'innombrables cheminées ; c'est, enfin, la mer – le Rialto du

Nord – où s'en viennent et d'où partent des montagnes de cargaisons, où le commerce occupe des milliers de mains. La Belgique est à la fois agricole et industrielle, conservatrice et catholique en même temps que socialiste ; elle est riche et elle est pauvre. D'immenses fortunes s'entassent dans les grandes cités, tandis qu'à deux heures de chemin, dans les mines ou dans les huttes de paysans des existences pitoyables se traînent, en proie à la plus amère pauvreté. Dans les villes deux forces colossales se livrent un combat sans merci : la vie contre la mort, le passé contre l'avenir. Il y a des villes monastiques, isolées entre leurs lourdes murailles médiévales, où sur de noirs canaux aux eaux mortes glissent comme de claires gondoles des cygnes solitaires – des villes où n'habite que le rêve, des villes closes d'un éternel sommeil. Non loin resplendissent les villes modernes : Bruxelles avec ses boulevards éclatants, avec ses enseignes lumineuses dont la clarté électrique court le long des maisons, avec ses automobiles bruissantes, ses rues retentissantes, et toute la fiévreuse convulsion de l'existence moderne, qui tord les nerfs... Contrastes sur contrastes. Par la droite pénètre, flot germanique, la foi protestante ; par la gauche, le catholicisme romain, orthodoxe et magnifique. La race elle-même est le produit de la lutte perpétuelle de deux races : Flamands et Wallons. Ici, les contrastes se défient en toute franchise, clairement et directement : d'un seul coup d'œil on voit toute la bataille.

Mais la pression inexorable des deux races voisines est si violente et si continue, que ce mélange sous l'action d'un ferment nouveau est devenu une race nouvelle. Les éléments autrefois contraires se sont mêlés : on ne saurait les reconnaître dans le produit

de leur évolution. Les Germains parlent en français
et les Français sentent en flamand. Malgré son patronyme, Pol de Mont est un poète flamand. Verhaeren,
Maeterlinck, Van Lerberghe, dont aucun Français
n'est capable de prononcer le nom correctement, sont
des poètes français. Cette race neuve : la race belge,
est forte et l'une des plus capables qui soit en Europe.
Le voisinage de tant de cultures étrangères, le contact
avec tant de nations si diverses l'ont fécondée. Le
travail sain des champs a fait les corps robustes ; la
proximité de la mer a ouvert les regards sur l'horizon.
Il y a peu de temps que cette race a pris conscience
d'elle-même, un siècle à peine, depuis qu'elle a pro-
clamé l'indépendance de sa patrie. Aussi jeune
que l'Amérique, cette nation est encore adolescente,
joyeuse de sa force neuve. Comme en Amérique, le
mélange des peuples et la fertilité d'une terre saine
ont ici engendré une belle et puissante race. En Belgique la vitalité est magnifique. Nulle part ailleurs, en
Europe, la vie n'est aussi intensément, aussi allègre-
ment vécue. Nulle part comme en Flandre, l'excès
dans la sensualité et le plaisir n'est en fonction de la
force. C'est dans leur vie sensuelle qu'il faut voir les
Flamands, dans l'avidité qu'ils y apportent, dans la
joie consciente qu'ils y éprouvent, dans l'endurance
dont ils font preuve. C'est dans des orgies que Jordaens trouva les modèles de ses tableaux : dans
chaque kermesse aujourd'hui, dans chaque repas de
funérailles on les retrouverait encore. La statistique
nous apprend que, pour la consommation de l'alcool,
la Belgique vient en tête de l'Europe. Sur deux maisons l'une est un cabaret ou un estaminet. Chaque
ville, chaque village a sa brasserie, et les brasseurs

sont les plus riches industriels du pays. Nulle part les
fêtes ne sont aussi animées, aussi bruyantes, aussi effré-
nées. Nulle part la vie n'est aussi aimée, ni vécue avec
plus de surabondance et d'ardeur. Ah ! certes, la Belgique demeure le pays d'intensive vitalité qu'elle fut
toujours. Toujours elle a combattu pour sauvegarder
son sens de la vie, pour jouir de l'existence pleinement
et jusqu'à la satiété. Son exploit le plus héroïque, sa
grande guerre contre les Espagnols, fut moins une lutte
pour la liberté des cœurs et des esprits que pour celle
des sens. Cette révolte désespérée, ce formidable effort
n'en voulaient point tant au catholicisme qu'à sa
morale, qu'à l'ascétisme, point tant à l'Espagne qu'aux
perfidies de l'Inquisition, qu'à la rudesse astucieuse et
sombre qui contrecarrait les appétits de jouissance ;
qu'à la froideur du taciturne et maussade Philippe II.
Que réclamaient alors les Flamands ? Rien, sinon la
joie de vivre au grand soleil, la liberté dionysiaque,
l'avidité impérieuse des sens ! Ils prétendaient ne se
mesurer qu'à la règle de leur excessive surabondance.
Et la vie a triomphé avec eux. Par toutes les villes et
toutes les campagnes ruissellent encore aujourd'hui la
santé, la robustesse et la fécondité. Les pauvres eux-
mêmes n'y ont pas de visages caves et de membres
décharnés. Dans les rues, les enfants qui s'amusent ont
de bonnes joues rouges. Les paysans sont droits et
solides au travail. Les ouvriers sont musclés et vigoureux comme les bronzes de Constantin Meunier. La
plupart des femmes sont des mères fécondes qui
témoignent de la puissance génitrice de la race. L'âge
ne terrasse pas la force des vieillards, dont la résistance
vitale se prolonge et s'affirme. C'est à cinquante ans
que Constantin Meunier s'est mis à produire, et c'est

vers la soixantaine que des artistes comme Lemonnier et Verhaeren sont parvenus au faîte de leur faculté créatrice. L'activité de cette race semble dévorante. Le sentiment le plus profond en a été buriné par Verhaeren en quelques fières strophes, qui, en même temps, glorifient toute la race indo-européenne.

Je suis le fils de cette race
Dont les cerveaux plus que les dents
Sont solides et sont ardents
Et sont voraces.
Je suis le fils de cette race
Tenace
Qui veut, après avoir voulu
Encore, encore et encore plus[1] *!*

Cet effort énorme et continu n'a pas été vain. La Belgique est relativement le pays le plus riche de l'Europe. La colonie du Congo est dix fois plus grande que la métropole. Les Belges ne savent que faire de leurs capitaux. Leur argent inonde la Russie, la Chine et le Japon. Ils participent à toutes les entreprises, et ils sont les maîtres dans les sociétés financières des grandes nations. La classe moyenne ne le cède en rien aux autres pour la santé, la vigueur et la joie de vivre.

L'art d'une belle race, si solide et si saine, ne peut manquer d'être lui-même plein de robustesse et de vitalité. En effet, là où les facilités d'expansion nationale sont restreintes, les besoins et l'activité artistiques s'accroissent. L'imagination des grandes nations est surtout tournée vers les moyens pratiques qui doivent

1. « Ma race », *Les Forces tumultueuses*.

assurer leur développement. L'élite s'y jette dans la politique, dans l'armée, dans l'administration. Partout où la politique se trouve nécessairement limitée, le système administratif réduit, c'est aux questions d'art que se consacrent presque exclusivement les natures géniales. Les pays scandinaves, autant que la Belgique, en sont un exemple. L'aristocratie des intelligences s'y rue sur l'art et sur la science avec un merveilleux succès. Chez des peuples aussi jeunes, l'instinct vital doit a priori se traduire par une activité artistique saine et robuste ; même s'il y a décadence, la réaction est si violente, la dénégation si catégorique qu'elles sont capables de faire jaillir la vigueur de cette faiblesse même. Seule, une forte lumière engendre de fortes ombres ; seule, une race vigoureuse et sensuelle peut produire des mystiques véritablement empreints de grandeur et de gravité. Car il faut, à une réaction aussi catégorique et consciente de sa fin, autant d'énergie qu'à l'action positive.

L'art belge est comme une haute tour qui repose sur de profondes assises, et, pour qu'il surgît de la glèbe, il fallut un travail souterrain de cinquante années. Après quoi, en cinquante nouvelles années, il fut l'œuvre d'une seule jeunesse, d'une génération unique. Pour être saine, une évolution doit être lente, surtout chez les races germaniques, à qui manquent la prestesse, la souplesse, l'adresse des Latins, qui s'instruisent non pas par l'étude, mais par la vie même. Comme un arbre, cette littérature a grandi ; ses racines pénètrent profondément dans cette terre nourricière que les siècles ont fertilisée. Semblable à toute religion, elle a ses saints, ses martyrs, ses maîtres et ses disciples. Le premier, le créateur, le précurseur, fut Charles de Coster, dont la grande épopée : *Ulen-spiegel* est l'évangile des lettres nouvelles. Comme celui de tous les novateurs, son destin fut malheureux. Le mélange consanguin des races se manifeste chez lui sous une forme plus sensible que chez ceux qui lui ont succédé. Né à Munich, il écrivit en français et fut le premier à sentir en belge. Il gagnait péniblement sa vie en exerçant les fonctions de répétiteur à l'École militaire. Lorsque son premier roman parut, il lui fut difficile de trouver un éditeur, et plus difficile de faire apprécier son œuvre à sa valeur, voire même de rencontrer la plus modeste estime. Et pourtant cette œuvre est admirable : Ulenspiegel, le sauveur de la Flandre, s'oppose à l'antéchrist Philippe II, et ce contraste reste encore aujourd'hui le plus beau symbole du combat de la lumière contre l'obscurité, de la vitalité contre le renoncement. C'est une page immortelle dans la littérature de tous les pays et de tous les temps : c'est une véritable épopée nationale. Cet ouvrage de large envolée marque le début de la littérature belge, tout comme l'*Iliade*, avec ses héroïques combats, ouvre magnifiquement l'histoire des lettres grecques. À cet écrivain mort prématurément succéda Camille Lemonnier, qui recueillit la lourde tâche et le triste héritage des premiers combattants : l'ingratitude et la désillusion. C'est encore un héros que ce fier et noble caractère. Soldat du premier au dernier jour, il a lutté sans trêve, depuis quarante ans, pour la grandeur de la Belgique ; il a écrit livre sur livre, créé, travaillé, jeté des appels, renversé des barrières. Il n'a point connu le repos jusqu'à ce que Paris et l'Europe n'attachent plus au qualificatif « belge » la signification dédaigneuse de « provincial », jusqu'à ce qu'il devînt enfin, comme jadis le nom de *gueux*, d'un vocable honteux, un véritable titre d'honneur. Intrépide, jamais découragé par l'insuccès, cet homme merveilleux a chanté son pays, les champs, les mines, les villes, ses compatriotes, les garçons et les filles au sang bouillant et prompt à la colère. Il a chanté l'ardent désir qu'il éprouvait d'une religion plus claire, plus libre, plus vaste, où notre âme se trouverait en communion plus directe avec la grande Nature. Avec la débauche de couleurs de son auguste ancêtre Rubens, dont la sensualité joyeuse faisait de la moindre chose une fête perpétuelle et jouissait de la vie comme d'une éternelle nouveauté, Camille Lemonnier a su peindre en prodigue toute vitalité, toute ardeur, toute abondance. En véritable artiste, il y a mis toutes ses complaisances et toutes ses dilections, persuadé que l'art n'est que de traduire la poussée ascensionnelle, l'ivresse de la vie. Pendant quarante années, il a ainsi travaillé, et le miracle, c'est que, pareil aux habitants de cette terre, ces paysans qu'il a décrits, chaque année la récolte nouvelle était meilleure, ses livres étaient plus chauds, plus palpitants, plus ardents, sa foi dans l'existence plus lumineuse et plus ferme. Le premier, il prit orgueilleusement conscience de la jeune vigueur nationale. Sa voix alors s'est élevée, et son appel ne s'est pas tu qu'il ne restât plus solitaire : d'autres artistes vinrent se grouper autour de lui. De sa main puissante il les a soutenus et raffermis. Il les a menés au combat, et, sans envie, avec joie, il a triomphé de leurs triomphes, même quand le succès de disciples plus heureux que lui jetait comme un voile d'ombre sur ses propres ouvrages. Et il en a ressenti de la joie, car son œuvre à lui n'est point tant peut-être dans les romans qu'il a écrits : elle est, magnifique et durable, dans la création de toute une littérature.

Il semble que, depuis ces dernières années, tout ce pays déborde de vie. Chaque ville, chaque métier, chaque classe de la société a suscité un poète ou un peintre pour l'immortaliser, comme si toute la Belgique avait uniquement voulu se symboliser dans les œuvres d'art, jusqu'à ce que vînt celui-là qui transformât en poème toutes les villes et toutes les classes, pour en extraire l'âme universelle du pays. Le génie des vieilles villes germaniques : Bruges, Courtrai, Ypres n'est-il pas passé tout entier dans les strophes de Rodenbach, dans les pastels de Fernand Khnopff, dans les mystiques statues de Georges Minne ? Ne sont-ce pas les semeurs et les mineurs qui se sont faits pierre dans les figures de Constantin Meunier ? Une ardente ivresse ne flambe-t-elle pas dans les descriptions de Georges Eekhoud ? L'art mystique de Maeterlinck et de Huysmans a sa source profonde dans la paix des cloîtres et des béguinages. C'est le soleil des champs de Flandre qui rayonne sur les paysages de Théo van Rysselberghe et de Claus. C'est la démarche gracieuse des jeunes filles et le chant des carillons qui se sont harmonisés dans les poèmes du doux Charles van Lerberghe. La sensualité, l'impétuosité, la fougue de la race ont trouvé leur expression spiritualisée dans l'érotisme raffiné de Félicien Rops. Albert Mockel est le représentant des Wallons. Qui ne faudrait-il pas citer encore parmi ces grands créateurs ? Van der Stappen, les peintres Heymans, Stevens, les écrivains Des Ombiaux, Demolder, Glesener, Crommelinck, qui se sont acquis, par leur allure assurée et leur marche intrépide, l'estime de la France et l'admiration de l'Europe. C'est justement chez ces écrivains, chez ces artistes, qu'on a senti percer, pour la première fois, un sentiment vraiment européen, vaste et complexe, tout nouveau. En effet, pour eux, l'idée de patrie ne saurait se borner au pays belge ; elle embrasse toutes les nations voisines. Patriotes et cosmopolites à la fois, ils sont nés dans ce carrefour de l'Europe auquel viennent aboutir tous les chemins, mais d'où partent aussi ces mêmes chemins...

Dans cette phalange nombreuse, chacun, de son point de vue, avait tracé l'aspect qui lui convenait de sa patrie. Mais voici qu'arriva le plus grand entre tous, Verhaeren, qui eut, lui, la vision, le sentiment, l'amour de « toute la Flandre ». Pour la première fois dans son œuvre, la Flandre fut vraiment unifiée. Il a chanté tout d'elle : la terre et la mer, les villes et les fabriques, les cités mortes et celles qui naissent à l'existence. Il a eu le sentiment très vif que cette Flandre n'était pas une simple province, mais bien le cœur de l'Europe. Sous son impulsion, comme un échange de sang vigoureux s'est fait entre elle et les nations. Il a découvert qu'un horizon s'étendait au-delà des frontières. Tous ces particularismes, si longtemps exaltés, il les a mis et fondus dans un même enthousiasme, jusqu'à en faire surgir une œuvre bien vivante : *l'épopée lyrique de l'univers flamand*. Cette unité et cette beauté que, voilà cinquante années, De Coster ne savait reconnaître dans le présent, cet héroïsme qu'il cherchait dans le passé, Verhaeren les a réalisés dans la Belgique vivante, dans la Belgique d'aujourd'hui. Il est devenu le « Carillonneur de la Flandre », le sonneur qui du haut du beffroi appelait jadis le peuple à la défense du sol, et qui l'exhorte aujourd'hui à l'orgueil conscient de sa force. Cette synthèse, nul autre que Verhaeren ne pouvait l'entreprendre. Seul, il représente tous les contrastes de la race belge, seul il en possède tous les avantages. Lui-même il n'est que contrastes, que forces nouvelles qui divergent et qui sont volontairement ramenées à l'unité. Du Français il a la langue et la forme ; de l'Allemand, la recherche du divin, la gravité et une certaine lourdeur, le besoin d'une métaphysique et l'aspiration panthéiste. En lui ont lutté les passions politiques avec les religions, le catholicisme avec le socialisme. Il est à la fois l'enfant des grandes villes et l'habitant de la glèbe natale. L'instinct le plus profond de sa race, c'est-à-dire la soif immodérée de vivre et l'ardeur fiévreuse de la volonté, fait le fond de sa doctrine et de son art poétiques. Mais, chez lui, la joie de l'ivresse s'ennoblit : c'est la volupté de l'extase. La joie de la chair épanouie n'est plus que la fête de la couleur ; la joie du bruit et du vacarme est devenue celle du rythme qui sonne, éclate, déborde. Cette vitalité insatiable, propre à cette race que ni crise ni catastrophe ne sauraient réduire, s'est ici muée en une loi universelle, une joie de vivre consciente et plus grande.

Quand un pays est devenu fort, il se réjouit de cette force, il a besoin d'en manifester violemment la certitude par un cri de victoire. Walt Whitman fut le cri de l'Amérique enfin puissante. Verhaeren proclame le triomphe de la race belge, de la race européenne. Cette profession de foi en la vie est si joyeuse, si ardente, si mâle qu'elle ne saurait sortir de la poitrine d'un seul homme. Ici c'est tout un peuple jeune qui s'enorgueillit de sa force.

CHAPITRE III

Jeunesse en Flandre

Seize, dix-sept et dix-huit ans
Ô ce désir d'être avant l'âge et le vrai temps
Celui
Dont chacun dit
Il boit à larges brocs et met à mal les filles !

Les Tendresses premières

L'histoire littéraire de la Belgique moderne, par les jeux du hasard, a pris naissance en une unique maison. À Gand, la ville favorite de l'empereur Charles, dans cette vieille cité flamande lourde de ses fortifications, s'élève, à l'écart, loin des rues bruyantes, Sainte-Barbe, le couvent des Jésuites aux murs gris. Les murailles épaisses et défensives, les couloirs muets, les réfectoires silencieux rappellent un peu les beaux collèges d'Oxford : ici, cependant, les pampres du lierre n'égaient point les murs et les fleurs ne mettent pas sur les cours vertes leur tapis bariolé. Là se rencontrèrent, sur les bancs de l'école, deux couples d'enfants extraordinaires, dont les quatre noms devaient être plus tard la gloire de leur pays. D'abord Georges Rodenbach et Émile Verhaeren, puis Maurice Maeterlinck et Charles van Lerberghe : deux couples d'amis qui sont aujourd'hui séparés par la mort de Rodenbach et van Lerberghe. Pour Émile Verhaeren et Maeterlinck, ils sont les deux héros de la Flandre, et leur art comme leur gloire ne sont pas au terme de leur croissance. Leurs débuts, à tous les quatre, datent du vieux couvent. Ils firent leurs humanités chez les Pères Jésuites ; ils y apprirent même à écrire des vers, latins, il est vrai, tout d'abord. Chose curieuse, dans cet exercice, Maeterlinck brillait moins que van Lerberghe, plus plastique, et Verhaeren était dépassé par Rodenbach, plus souple. La discipline sévère et rigoureuse des Pères tendait au respect et au maintien du passé. Il fallait croire aux choses acceptées, se plier aux anciennes règles et n'avoir que de la haine pour les nouveautés. Ces jeunes gens, on voulait non seulement les conserver à la foi catholique, mais encore les gagner au sacerdoce. Les murs de ce couvent s'élevaient pour les protéger contre l'ouragan dévastateur qui, en Flandre comme partout, faisait de plus en plus de ravages parmi la jeunesse.

Mais rien ne prévalut contre la destinée de ceux-ci. Verhaeren en fut l'exemple le plus probant. Élevé au sein d'une famille des plus croyantes, il paraissait devoir être plus particulièrement voué à la prêtrise. Sa conviction n'était pas la résultante d'un travail rationnel : elle était sa vie même. Tout son être ne respirait que sacrifice et il avait la vocation du prêcheur enthousiaste. Mais voici qu'en son âme se fit entendre la grande voix de la patrie qui depuis son enfance l'appelait à la liberté ; dans son sang même, c'était la vie qui lui criait de ne pas consentir à un précoce renoncement. Son esprit se rebellait à la pensée des limites qu'on lui imposait, de cette acceptation passive du passé. Plus puissantes que les impressions scolastiques furent les impressions de son enfance. En effet, c'est en pleine campagne que Verhaeren est né, le 21 mai 1855, à Saint-Amand-sur-Escaut, où les regards découvrent les magnifiques horizons des landes et de la mer. Dans ce favorable milieu, un bonheur souriant lui tressa la couronne de ses jeunes années. Ses parents, en possession d'une belle aisance, s'étaient retirés loin des rumeurs de la ville, en un coin perdu des Flandres. Ils possédaient une petite maison : sur le devant, un jardin où flambaient les corolles de fleurs multicolores ; derrière s'étendaient les vastes champs dorés, coupés de haies broussailleuses et fleuries ; tout près, le fleuve aux ondes lentes, aux ondes qui savent qu'elles n'ont plus à se presser, proches de leur but, la mer infinie... Dans son admirable livre : *Les Tendresses premières*, le poète, arrivé à la maturité, nous conte les jours libres de son enfance. Nous l'y voyons enfant, courant à travers champs, emporté à la dérive sur une barque glissante, grimpant sur les tours, observant semeurs et moissonneurs, écoutant les chansons flamandes des lavandières. Tous les métiers, il les a vu pratiquer ; il a fureté dans les moindres coins. Chez l'horloger, il s'est assis, étonné que l'heure naquît de petites roues bourdonnantes. Devant le four du boulanger, il a respiré cette fumée brûlante qui dévorait le blé, ce blé dont quelques jours avant sa main avait caressé les épis bruissants et qui maintenant était du pain doré, à la bonne odeur chaude. Dans les jeux, il a contemplé

avec admiration les gars robustes et joyeux qui
savaient avec de lourdes boules culbuter les quilles
chancelantes. Il a suivi les musiciens qui allaient de
foire en foire. Et, sur les rives de l'Escaut, il a suivi
le va-et-vient des bateaux aux pavillons de toutes les
couleurs, et son rêve les accompagnait dans les pays
lointains qu'il ne connaissait que par les dires des
matelots et les images des vieux livres. Toute cette
existence, le contact physique, familier et quotidien
avec la Nature, ces expériences vécues des mille faits
de la vie de chaque jour, devaient marquer profondément dans son souvenir. Il ne pouvait oublier cette
vie en commun avec ses compatriotes, qui l'initiait
aux rapports sociaux. C'est ainsi que se forma son
vocabulaire technique ; c'est ainsi qu'il pénétra le
mécanisme mystérieux de toutes les manipulations
des métiers, et de l'adresse professionnelle ; ainsi il
apprit à en connaître les difficultés et les fatigues, et
il comprit que ce sont chacune de ces âmes éparses
qui forment l'âme de la patrie.

Pour cette raison, Verhaeren est le seul des poètes
modernes de langue française qui soit vraiment devenu
populaire parmi ses compatriotes. Aujourd'hui encore,
tout glorieux qu'il soit, il aime à venir parmi eux, à
s'asseoir dans leurs réunions, à la table de l'auberge ;
il aime à les entendre parler du temps et de la récolte,
des mille petits soucis qui composent tout leur univers.
Il est des leurs, et eux-mêmes se sentent près de lui.

Il aime vraiment la vie des humbles ; il prend part
à leurs peines comme à leurs travaux. Toute cette
contrée septentrionale lui est chère, avec ses tempêtes,
ses rafales de grêle et de neige, sa mer coléreuse et
ses nuages menaçants : il a l'orgueil de cette parenté

avec cette terre. On retrouverait parfois, dans sa démarche et dans ses mouvements, l'allure du paysan qui marche derrière la charrue, le pas lourd et le genou raide. Ses yeux sont comme la mer de son pays, ses cheveux d'or comme les blés de ses champs. Dans tout son être et dans toute son œuvre apparaît ce caractère élémentaire, primordial. On sent que jamais il n'a rompu le lien qui l'attachait à la nature. Il reste en une sorte de communion organique et directe avec les champs, la mer, le grand air ; car le printemps lui apporte une sensation douloureuse, la douceur de l'air lui semble pesante ; il n'aime que le climat de sa patrie, d'une impétuosité sauvage et d'une force indomptée.

Cette connexion intime avec la pure nature fait que sa sensibilité s'est trouvée décuplée pour toutes les autres impressions : celles que provoquent les grandes villes l'ont touché autrement et plus intensément qu'elles n'ont fait des poètes citadins. Ce qui pouvait leur sembler naturel le plongeait, lui, dans l'étonnement, la crainte, l'effroi, l'admiration, l'enthousiasme. Pour lui, l'atmosphère que nous sommes habitués de respirer, était lourde, suffocante, empoisonnée ; les rues trop étroites lui faisaient effet de prisons.

À chaque pas, il a été frappé par la fécondité, les dimensions formidables et étranges qu'affectait la vie en sa nouvelle forme. Constatation d'abord pénible, puis enthousiaste. Il a traversé les villes avec cet étonnement mêlé d'effroi qui nous étreint à franchir les gorges des montagnes. Peu à peu, il s'est accoutumé à elles ; il les a inspectées, décrites et fêtées, sa vie s'y est mêlée intimement. Leur fièvre a embrasé son sang ; en lui leurs révoltes se sont dressées. Leur incessante agitation a fouetté ses nerfs durant la moitié d'une existence humaine. Puis, il est rentré au pays. Cinquantenaire, il s'est réfugié à la campagne, dans la solitude, sous le ciel de son enfance. Il vit dans une petite maison, en un point de la Belgique où n'arrive pas le chemin de fer. Il y partage le bonheur de ces hommes qui, souriants et simples, demeurent là, attachés à de modestes travaux comme les amis et les compagnons de son enfance. Chaque année, il éprouve une plus vive joie à séjourner au bord de la mer, ses poumons et toute sa poitrine s'y dilatent, y respirent plus profondément, y vivent plus intensément, dans une exaltation magnifique. Dans cet homme de cinquante ans se retrouvent miraculeusement la santé et le bonheur de l'enfance. Ses premiers vers s'adressaient à la Flandre, c'est elle encore que glorifient les derniers. Les Pères de Sainte-Barbe n'ont rien pu contre un tel atavisme ; ils n'ont pu tarir cette source claire, cette vitalité flamande que rien ne pouvait anéantir. Tout ce qu'ils ont obtenu, c'est de détourner des basses matérialités ces désirs trop violents, pour les fixer sur la science et sur l'art. Le jeune homme dont ils voulaient faire un prêtre s'est échappé de leurs mains, mais il n'en a pas moins suivi sa vocation. Tout ce qu'ils proscrivaient, il l'a prêché, tout ce qu'ils proposaient en exemple, il l'a battu en brèche. À peine a-t-il quitté l'école, Verhaeren sent déjà monter en lui cet instinct vital et rebelle qui l'enfièvre et qu'il ennoblit ; il a le désir fou d'une volupté sans limite, poussée jusqu'à la douleur – désir qui est en lui si caractéristique. Donc l'état ecclésiastique ne lui inspire que de l'éloignement. Son oncle lui réserve la direction d'une fabrique, et cela ne l'attire pas davantage. Il n'est pas encore décidé

à s'abandonner tout entier à la poésie : en tout cas, il
ne veut qu'une carrière où il puisse librement développer son existence avec toutes ses éventualités. Pour
retarder son choix définitif, il étudie le droit et se fait
avocat. À Louvain, durant ces années d'études, Verhaeren a lâché la bride à son ardent instinct de vivre.
En vrai Flamand, l'excès le tente plus que la mesure.
Aujourd'hui encore, il aime à raconter son dangereux
penchant pour la bonne bière belge, ses griseries avec
ses compagnons, leurs danses à toutes les kermesses,
leurs beuveries et leurs mangeries. Parfois, une sorte
de fureur s'emparait d'eux, ils causaient quelque scan-
dale et avaient maille à partir avec la police. Toujours
catégorique – c'est un des traits dominants de son
caractère – son catholicisme ne savait être ni silencieux, ni personnel : il avait la foi certaine et comba-
tive. Une poignée de jeunes gens à tête chaude, parmi
lesquels l'éditeur Deman et le ténor Van Dyck, fondè-
rent alors un journal. Ils y déclaraient une guerre violente à la pourriture du monde moderne et ne
négligeaient pas de se tailler quelque réclame personnelle. L'Université ne tarda pas à leur interdire cette
manifestation prématurée ; mais bientôt naquit une
deuxième feuille, plus adéquate au mouvement du
siècle. C'est entre ces deux publications que Verhaeren
mit au monde quelques vers. L'activité du jeune poète
redoubla avec passion, lorsque, en 1881, il se fut inscrit
au barreau de Bruxelles. Il y connut la vie exubérante
des peintres et des artistes, fut accepté par eux, et entre
ces jeunes talents il se forma un cénacle où l'on
s'enthousiasmait pour l'art, où l'on prenait violemment
le contre-pied de tous les sentiments conservateurs de
la bourgeoisie bruxelloise. Verhaeren donnait alors

avidement dans tous les snobismes, en quoi il croyait découvrir le neuf. Il paradait dans les costumes les plus bizarres. Le tumulte de ses passions, ses premiers essais littéraires le rendirent bientôt célèbre. Dès le collège, il avait commencé d'écrire des vers. Lamartine fut son modèle ; puis Hugo, le fascinateur de la jeunesse, l'empereur du grand geste, le maître indiscuté du verbe. Ces vers de jeunesse de Verhaeren n'ont jamais été édités : ils n'auraient d'ailleurs qu'un médiocre intérêt, un instinct vital encore sans frein s'essayait à s'y exprimer en d'impeccables alexandrins. À mesure que son talent se développe, il sent plus vivement sa vocation poétique. Au barreau il a peu de succès ; cela l'engage plus avant. Bientôt, sur le conseil d'Edmond Picard, il jette aux orties cette robe d'avocat qui déjà lui semblait aussi étroite et étouffante qu'autrefois la soutane.

C'est alors que sonna l'heure décisive. Verhaeren et Lemonnier en font volontiers le conte, avec la joie éclatante et fière de leur amitié que trente années n'ont pas altérée, de leur cordiale et mutuelle admiration. Par un jour pluvieux, Verhaeren arriva brusquement chez Lemonnier, qu'il ne connaissait pas. Il entra de son pas lourd de paysan, avec son geste cordial, et commença sans détour : « Je veux vous lire des vers ! » – C'était le manuscrit des *Flamandes*. Et, pendant que la pluie battait les vitres, il lut de sa voix ferme, aiguë, bien scandée, avec son grand enthousiasme et ses gestes qui conjurent, ces tableaux des Flandres, palpitants de vie, premier aveu libre de son amour du pays et débordant de vitalité bouillonnante. Et Lemonnier l'encouragea, le félicita, apporta quelques modifications ; le livre parut bientôt, au grand effroi de la famille bien-pensante de Verhaeren, à la stupéfaction des critiques, qui demeuraient déconcertés par un tel déchaînement de forces. Haï et adoré, ce livre commanda aussitôt l'intérêt, suscitant partout en Belgique des approbations et des attaques ; mais partout soulevant une vraie tempête, et cette inquiétude, ce grondement qui toujours annoncent l'approche orageuse du nouveau.

CHAPITRE IV

Les Flamandes

Je suis le fils de cette race
Tenace
Qui veut, après avoir voulu
Encore, encore et encore plus !

« Ma race »

La vie des grands artistes ne tient pas enclose une œuvre d'art unique ; cette œuvre est triple : d'abord – et souvent ce n'est pas la plus importante – la création effective ; ensuite la vie de l'artiste elle-même ; enfin le rapport harmonique entre l'action de créer et ce qui est créé, entre la poésie et la vie. Il n'est pas que de l'œuvre d'art elle-même que se dégage une volupté artistique : celle-ci naît aussi pure et belle de ligne à ne considérer que la connexion intime entre la croissance intérieure et sa formation externe, entre les crises de la réalité physique et sa manifestation artistique. Un génie se développe et s'accomplit en raison directe de l'existence et de la vie physiologique. Dans les livres de Verhaeren, si heurtés et si brusques qu'en paraissent les contrastes, son évolution générale décrit une courbe constante, jusqu'à figurer un cercle parfait, radieux de clarté. Le commencement était déjà contenu dans la fin, et la fin dans le commencement. La courbe audacieuse retourne à son point de départ. De même qu'un voyageur qui fait le tour complet du monde, il revient enfin à l'endroit dont il est parti. Chez Verhaeren, commencement et fin procèdent des mêmes causes. Au pays qui fut celui de ses jeunes années, sa vieillesse retourne : c'est à la Flandre qu'il consacre ses premiers vers, c'est la Flandre encore que chantent les derniers.

Pourtant entre ces deux œuvres, *Les Flamandes* et *Toute la Flandre*, entre les vers de l'homme de vingt-cinq ans et l'œuvre du poète cinquantenaire, il y a la place de tout un monde : une évolution complète y a modifié ses points de vue et augmenté ses conquêtes. Et ce n'est que maintenant, à l'heure où la ligne, au début si brusquement capricieuse, revient sur elle-même, que sa forme harmonieuse s'aperçoit. L'observation, purement extérieure, est devenue singulièrement pénétrante ; le regard ne s'arrête plus aux manifestations, aux dehors des choses ; il sait extraire la quintessence de leur âme, en saisit la vérité profonde, pour les transposer en poèmes. Rien n'est quelconque à ses yeux, objet de simple curiosité ou d'intérêt fugace. Il considère toute chose comme un être qui grandit, capable d'un devenir infini.

Le premier de ses livres et les derniers procèdent des mêmes causes. Seulement, le premier est le fruit d'une observation isolée, tandis que les magnifiques productions de l'époque récente ont pour décor de fond les horizons immenses du monde moderne, pendant que, d'un côté, les ombres du passé, et, de l'autre, l'ardente intuition de l'avenir y font briller la passion d'une clarté nouvelle. Peintre jadis, ne peignant que l'aspect extérieur, s'attachant à décrire la patine, Verhaeren est maintenant le poète qui donne la vie à l'insaisissable et au psychique, qu'il transforme en vibrante musique. Ces deux œuvres sont entre elles dans le même rapport que les premières productions de Wagner, *Rienzi* et *Tannhäuser* vis-à-vis du *Ring* et de *Parsifal*. *L'intuition d'autrefois s'est faite conscience créatrice*. De même que pour Wagner, il se trouve des gens encore aujourd'hui qui préfèrent ses œuvres de jeunesse, à cause qu'elles respectent encore les formes de la tradition. Or, les admirateurs de ce genre sont encore plus étrangers au poète que ses adversaires artistiques, qui ont pris position contre lui par principe.

Les Flamandes, le premier volume de Verhaeren, parut en un temps de trouble littéraire. On discutait au sujet des romans réalistes de Zola, qui révolutionnaient l'Europe comme la France. En Belgique, ce fut Camille Lemonnier qui importa ce naturalisme nouveau, lequel s'attachait bien plus à la vérité absolue qu'à la beauté et assignait la photographie, la reproduction exacte et scientifique de la nature pour seul but à l'écrivain. Maintenant que nous avons doublé le cap de ce naturalisme excessif, nous savons que cette théorie ne vaut que pour la moitié du chemin ; la beauté ne peut pas exister en dehors de la vérité, mais la vérité et l'art ne sont pas identiques. Il faut opérer une transmutation de la valeur du beau. La beauté doit être recherchée dans la vérité, dans la réalité. Il faut, pour réussir, à toute doctrine nouvelle, une forte dose d'exagération. Le souci du réalisme excessif amena le jeune Verhaeren, dans la description qu'il faisait de son pays, à en écarter soigneusement tout l'élément sentimental et romantique, pour n'exprimer poétiquement que l'aspect brutal, naturel, primitif. Car la haine du doux, du mièvre, de l'arrondi, du paisible, est dans le sang de Verhaeren. Sa nature fut toujours de flamme. Toujours, aux brutales provocations, il aima riposter par des coups véhéments. Il a l'amour naïf de la brutalité, de la rudesse, de l'âpreté ; il a un penchant pour l'anguleux, l'éclatant et l'intense ; il adore le sonore et le bruyant. Il n'a acquis le galbe et la pureté classiques que dans ses tout derniers volumes, où son sang semble s'être apaisé. Dans ce temps-là, il avait horreur du tableau de genre, cette même horreur qui, en Allemagne, se manifesta contre les Tyroliens de salon de Defregger, contre les paysans pommadés d'Auerbach, contre la mythologie tirée à quatre épingles des sujets « poétiques ». C'est consciemment – en vrai rebelle – qu'il insistait sur les côtés massifs, inesthétiques, qui passaient alors pour « antipoétiques ». C'est consciemment qu'il voulut piétiner, en quelque sorte, avec de lourdes et pesantes chaussures, sur les traces pleines d'ennui qu'avait marquées le passage des poètes français. Barbare, on l'accablait sous ce vocable. On lui opposait non pas tant la rudesse et l'âpreté de sa langue poétique, qui parfois trouve des sonorités gutturales comme celles des Germains, mais plutôt la sauvagerie instinctive de son goût, qui le portait invinciblement vers tout ce qui déborde de sonorités ou regorge de vie. Sa nourriture n'était ni le nectar ni l'ambroisie ; il se repaissait de lambeaux de chair

rouge, arrachés vivants encore à la vie même. Ainsi il
entra soudain dans la littérature française, comme un
vrai barbare, un véritable sauvage de Germanie, pareil
à ces Teutons qui jadis envahissaient les pays latins.
Comme lui, ils se jetaient dans la bataille, de tout leur
poids farouche, avec des cris rauques, et, tardifs éco-
liers, finissaient par recevoir des vaincus la haute
culture, par acquérir, à leur contact, les plus délicats
instincts de l'existence. Dans ce livre, Verhaeren ne
décrit pas tout ce qu'il y a, en Flandre, d'aimable, de
rêveur, d'idyllique, mais « les fureurs d'estomac, de
ventre et de débauche[1] », toutes les explosions de la
joie de vivre, les orgies des paysans, voire les manifestations animales. Son ancien condisciple, Rodenbach, a également parlé de la Flandre aux Français,
en des poèmes qui résonnent doucement, d'un timbre
argentin, comme le jeu des carillons par-dessus les
toits. Il a chanté cette inoubliable tristesse du soir sur
les canaux de Bruges, et la magie des nuits lunaires
sur la campagne. Mais Verhaeren ne voulait rien
savoir de la mort ; il se cramponnait à la vie, là où
elle est le plus exubérante, dans « le décor monstrueux des grasses kermesses[2] ». Rien ne vaut pour
lui les fêtes populaires où l'ivresse et la volupté servent d'aiguillon à des foules robustes, où la force et
l'avidité s'unissent pour combattre, où la bestialité
triomphe de l'éducation et de la morale. Ces descriptions, qui pourtant sont débordantes de vie rabelai-
sienne, ne satisfont pas encore le poète ; cette vie ne
lui semble pas assez follement truculente ; il souhaite

---

1. « Les vieux maîtres », *Les Flamandes*.
2. *Ibid.*

de pouvoir passer la réalité : jadis « les gars avaient les reins plus fermes et les garces plus beau téton[1] ». Les gars d'aujourd'hui lui semblent peu robustes, et les filles trop mignonnes. La réalité ne suffit pas pour satisfaire son instinct d'exagération, si caractéristique dans son œuvre. Il a le désir de la Flandre telle qu'il la voit vivre dans les ardents tableaux de Rubens, de Jordaens, de Breughel. Voilà ses véritables maîtres, ceux qui ont su jouir de l'existence, qui ont enfanté leurs chefs-d'œuvre entre deux orgies, qui ont immortalisé dans leurs toiles leur propre rire et leur propre volupté. C'est d'après leurs intérieurs et leurs tableaux de genre qu'ont été faits quelques-uns des poèmes de Verhaeren : gars enflammés de concupiscence qui jettent les filles dans les haies, paysans ivres, riant et dansant autour de la table. Son désir n'est que de chanter l'exubérance générale, qui se décuple et se répercute dans toutes les choses de la sensualité, jusqu'au domaine érotique. C'est dans le feu d'une débauche, d'un « rut » véritable qu'il prodigue ses couleurs et ses mots, comme une pâte épaisse, comme le coulée d'une liqueur en feu. C'est une vraie orgie que toutes ces images qui bouillonnent, se jettent sur le papier et y restent étalées. Cette formidable sensualité ne s'en tient pas uniquement au choix du sujet, on la retrouve dans l'exécution. Il se complaît dans la compagnie de ces homme affolés, comme des étalons en chaleur, qui se précipitent sur les mets odorants et sur la chair ardente des femmes, qui s'enivrent de bière et de vin, et qui, brûlés par tout ce feu

---

1. « Truandailles », *ibid.*

englouti, en demandent la délivrance à des danses et
à des étreintes. Parfois, entre deux de ces tableaux,
apparaît un plus calme paysage, dans le cadre austère
d'un sonnet on respire un instant. Mais la vague
chaude du plaisir reprend son élan, et, de nouveau,
dans tout le cours de ce livre, on ne peut plus songer
qu'à Rubens, qu'à Jordaens, les grands artistes de la
prodigalité vitale.

Mais l'art naturaliste se réfère à la peinture et non
pas à la poésie. C'est le grand faible de ce livre d'avoir
été écrit par un homme qui était déjà un peintre inspiré, mais pas encore le poète. Le verbe est coloré,
mais pas encore libéré. Les mots ne savent pas s'y
bercer à leur propre rythme. Pas d'emportement fré-
nétique pour entraîner le poème : l'alexandrin le mène
à un trot régulier. Il y a divorce entre la pétulance du
fond et la régularité de la forme. Il eût fallu que ces
poèmes fussent la résultante de la vie pour faire éclater
les moules impersonnels. On y sent bien la soif de vivre
qui marque ce tempérament, la révolte qui se raidit
contre tout héritage imposé, une force enfin qui par
sa rigidité frappa de terreur les prudents et les myopes,
mais cette force et l'art du poète sont encore enchaînés
par les traditions, vieille et nouvelle. Verhaeren y est
déjà un observateur passionné ; mais il n'est qu'un
observateur, c'est-à-dire quelqu'un qui se tient au-
dehors, qui n'entre pas dans le tourbillon, qui regarde
les choses avec sympathie, avec enthousiasme même,
mais qui ne les vit pas. La sensibilité du poète ne
perçoit pas encore du pays flamand une impression
nette et personnelle. Il lui manque de se placer d'un
point du vue nouveau et d'acquérir la formule adéquate. Il n'a pas encore cette surexcitation artistique,

cette température d'ébullition, si l'on peut dire, qui
plus tard débordera tous les vases, rompra tous les
liens et qui n'exaltera, parmi les choses de la terre, que
le moi lui-même parce que ce moi est déjà identique
avec le monde.

CHAPITRE V

Les Moines

Moines venus vers nous des horizons gothiques,
Mais dont l'âme, mais dont l'esprit meurt de demain,
Mes vers vous bâtiront de mystiques autels.

« Aux moines »

Dans l'art de Rubens, prodigue et jouisseur, se manifeste le génie de la Flandre en son ardeur de vivre. Mais ce n'est là encore, pour ainsi dire, que la chair de la Flandre ; ce n'en est pas l'âme profonde. Avant Rubens vinrent les maîtres austères des cloîtres, les primitifs, les Van Eyck, Memlinc, Gérard David, Roger van der Weyden. La Belgique n'est pas seulement le joyeux pays des kermesses. La sensualité saine de ce peuple n'absorbe pas toute l'âme flamande. Les lumières vives projettent de fortes ombres. Toute vitalité robuste et consciente engendre par contraste le goût de la solitude et l'ascétisme. Les races élémentaires, qui sont les plus saines – la Russie actuelle, par exemple – contiennent des faibles parmi les forts, des contempteurs de la vie au milieu de ses dévots, des hommes qui la nient à côté de ceux qui la proclament. Tout près de cette Belgique ambitieuse et féconde, il en existe une autre qui se recueille à l'écart et semble sur son déclin. Un art qui ne s'inspirerait que des tendances d'un Rubens ne tiendrait pas compte de ces villes solitaires que sont Bruges, Ypres, Dixmude. À travers leurs rues silencieuses les troupes noires des moines se pressent en longs cortèges, et les canaux reflètent les ombres blanches et muettes des nonnes. Là, au milieu du grand fleuve vital, s'étendent les larges îles du rêve, où les hommes se réfugient loin des réalités. Au milieu même des grandes villes belges, on trouve de pareilles solitudes silencieuses ; ce sont les béguinages, petites cités encloses dans les cités, où viennent, passé l'âge mûr, se retirer des femmes qui renoncent au siècle pour ne plus pratiquer qu'une existence monastique. Autant que la passion de la vie, la foi catholique et le renoncement des cloîtres ne sont nulle part aussi fortement, aussi profondément enracinés que dans cette Belgique, où la joie sensuelle marque par tant de vacarme son débordement. De nouveau se constate ici la polarité des contrastes. À la conception matérialiste du monde vient brusquement s'en opposer une autre, toute spirituelle. Alors que la masse du peuple, saine, robuste, et florissante, accepte la vie en toute franchise et la poursuit de son désir sans trêve, quelques hommes sont là tout près qui se désespèrent et qui ne vivent que dans l'attente de la mort. Le silence de ceux-ci est aussi constant que la jubilation des premiers. La foi austère pousse partout ses noires racines dans cette terre vigoureuse et féconde. Car le sentiment religieux reste toujours vivace, malgré le cours des siècles, au cœur du peuple qui un jour a combattu pour sa foi de toutes les forces tendues. Toute cette Belgique possède une activité souterraine et secrète qui se dérobe facilement au regard superficiel, car elle vit dans l'ombre et le silence. Mais de cette austérité qui se tait et se détourne de la vie, l'art belge a reçu cette nourriture mystique qui communique aux œuvres de Maeterlinck, aux dessins de Fernand Khnopff, de Georges Minne, leur force mystérieuse. Verhaeren, lui aussi, s'est arrêté dans cette sombre contrée. Peintre de la vie belge, ces fantômes d'un passé qui s'évanouit ne lui ont pas échappé. À son premier livre, *Les Flamandes*, il en a ajouté, en 1886, un second : *Les Moines*. Il semble qu'il devait tout d'abord épuiser les deux sources d'inspiration de son pays, avant de conquérir un style personnel et moderne. *Les Moines* sont le retour de Verhaeren à l'art gothique.

Les moines sont pour Verhaeren le symbole héroïque d'un grand passé. Leur image grave était familière à ses regards d'enfant. Près de la claire maison où se passa sa jeunesse s'élevait, à Bornhem, un monastère de Bernardins. L'enfant y accompagnait son père à confesse, et, pendant qu'il attendait dans les froids couloirs, il écoutait, étonné et peureux, la voix majestueuse et grave de l'orgue à la basse des chants liturgiques. Vint un jour béni où, avec une immense et pieuse crainte, il reçut, de leurs mains, la communion. De ce jour, ils demeurèrent pour lui, dans toutes les circonstances habituelles de l'existence, comme des êtres étranges, l'incarnation du beau et du suprasensuel, le supraterrestre de son univers enfantin. Lorsque, plusieurs années plus tard, il voulut tracer dans ses poèmes l'image de la Flandre avec toutes ses couleurs ardentes et lumineuses, il lui fut impossible de ne pas chercher à rendre ce mystérieux clair-obscur, aux tonalités austères. Il se retira trois semaines au monastère hospitalier de Forges, près de Chimay, où il prit part à toutes les cérémonies du culte, à tous les rites de la vie des moines. Ceux-ci, dans l'espoir de le gagner à la profession monastique, ne lui en cachèrent pas le détail. Mais déjà les relations intimes de Verhaeren avec le catholicisme n'avaient plus rien de religieux : il n'y avait plus en lui qu'une admiration d'ordre esthétique et poétique pour la noblesse romantique de ces rites, qu'une piété morale envers le passé. Il demeura là trois semaines. Puis, il s'enfuit, comme chassé par la poussée lourde des pesantes et tristes murailles. À ce souvenir, il consacra ses vers et dressa en un livre une image monastique.

Ce livre ne voulait être que pittoresque et descriptif. Dans des sonnets précis et nets de contour, le clair-obscur des couloirs conventuels est buriné comme par Rembrandt ; on y voit les heures de prière, la rencontre pleine de gravité des moines, le silence entre les chants liturgiques. Les soirs dans la campagne suggèrent des images religieuses : c'est le soleil au crépuscule qui flambe comme le vin dans le calice, le clocher qui dessine une croix lumineuse dans le ciel, le tintement à l'heure de vêpres qui fait s'agenouiller les épis murmurants. La poésie du recueillement et de la paix y est exprimée, comme l'harmonie de l'orgue, la beauté des couloirs couronnés de lierre, l'idylle poignante du cimetière isolé… On y voit doucement mourir le prieur, et les moines porter les consolations aux malades… Rien ne sort de ce cadre strictement religieux, et le tableau est peint avec des lumières profondes en accord avec le calme grave du sujet.

Mais ici le pittoresque ne pouvait suffire au poète. Le sentiment religieux pose un problème bien trop intime pour que son âme pût être seulement touchée par ses manifestations extérieures même les plus caractéristiques. Le pittoresque est impuissant à pénétrer ce domaine qui, plus que tout autre, échappe au sensuel, qui est même le symbole contraire de la sensualité. La résolution d'un problème spirituel ne ressort pas de la plastique, mais de la psychologie. Aussi voyons-nous déjà Verhaeren jeté hors de la plastique. Une dernière fois, il s'essaie à dresser de sombres statues de moines ; mais, animées de la vie intérieure, elles n'ont plus l'impassibilité du marbre, et s'érigent en symboles de la façon, propre à chacun de ces moines, de servir Dieu. Dans ses moines, Verhaeren développe les différents caractères qui, même sous l'habit monacal, ne cessent pas de se manifester. Ainsi nous dépeint-il les multiples formes de la religiosité : le moine féodal, fils d'une noblesse ancienne, veut conquérir Dieu comme jadis ses pères ont conquis leurs châteaux et leurs forêts, par l'éperon et par le glaive ; le « moine flambeau », ardent et passionné, le veut posséder comme une femme, avec sa passion ; le moine sauvage, qui sort des forêts et ne comprend Dieu qu'à la façon d'un païen, ne sait que craindre le créateur de l'éclair et du tonnerre ; pendant que le moine doux, pareil à un troubadour qui aime timidement et tendrement la mère de Dieu, auprès d'elle se réfugie dans la crainte de ce Dieu. L'un veut atteindre la divinité par les livres et par les preuves ; l'autre ne la peut comprendre, son intelligence est incapable de la saisir, mais il la sent toujours, partout, dans toutes les choses. Tous les caractères de la vie s'y trouvent en opposition brutale, maîtrisés uniquement par la règle conventuelle ; mais ils ne sont encore que juxtaposés, à la façon d'un peintre qui aime d'un même amour toutes les couleurs et toutes les choses, et, sans s'occuper de leur valeur, les place toutes les unes auprès des autres. Entre ces caractères, point de lien intime : le combat des forces, la grande idée sont absents de ce livre. Les vers eux-mêmes ne se sont pas libérés, mais semblent obéir à la stricte discipline monastique. « Il s'environne d'une sorte de froide lumière parnassienne qui en fait une œuvre plus anonyme, malgré la marque du poète poinçonnée à maintes places sur le métal poli[1] », dit Albert Mockel, le plus fin critique de l'esthétisme de ce livre. Il est probable que cette insuffisance, Verhaeren l'a sentie lui-même, qu'il a eu conscience de n'avoir pas résolu le problème en absolue poésie : après des années, pour renouveler ces deux ouvrages, il leur a donné une forme différente : *Les Moines* sont devenus la tragédie *Le Cloître*, et *Les Flamandes*, l'immense pentalogie *Toute la Flandre*.

Les Moines ont été le dernier livre descriptif de Verhaeren, le dernier où il soit resté l'observateur impassible et purement extérieur des choses. Cependant, ici déjà, son tempérament lui interdit de les considérer sans ordre, sans rapport entre elles. Déjà agissent en lui le désir et la joie d'une multiplication et d'une exaltation. Il ne considère plus les moines

---

1. Albert Mockel, *Émile Verhaeren.*

isolément et sans lien entre eux : il les rassemble tous, en un finale dans une large synthèse. Derrière ces figures se dressent un ordre, régi par une loi mystérieuse, une puissance colossale qui est celle de la vie. Eux qui ne sont que renoncement et solitude, épars dans les mille cloîtres du monde, ignorants les uns des autres, témoignent aux yeux du poète d'une majestueuse beauté morte dont ils sont les derniers vestiges, d'autant plus grands et d'autant plus beaux qu'ils ont, vivants, déjà perdu le sens de notre époque. Derniers débris du christianisme mourant au milieu d'un monde nouveau, ils surgissent devant nous dans un isolement tragique. « Seuls vous survivez grands au monde chrétien mort[1] ! » s'écrie le poète avec admiration à ceux qui ont bâti la grande maison de Dieu, à ceux qui, depuis deux mille ans, ont donné leur sang pour assurer l'éternité de la blanche Hostie. Il les invoque avec enthousiasme, non pas par amour comme un croyant, mais parce qu'il admire leur énergie intrépide. Ils n'ont pas eu peur de livrer bataille en l'honneur d'un Mort, pour une cause perdue d'avance et pour toujours. Leur beauté n'a plus d'autre fin qu'elle-même, et solitaires et muets comme les vieux beffrois, ils se dressent au milieu de notre âge. Alors que toute l'humanité tend vers le plaisir ou vers l'or, ils s'enclosent dans la solitude, meurent sans un cri et sans une plainte, et ne cessent de lutter contre un ennemi invisible. Ils sont les derniers défenseurs de la beauté. Mais n'oublions pas qu'à cette époque, Verhaeren identifie toujours la

---

1. « Aux moines », *Les Moines*.

beauté avec le passé. La révélation d'une beauté
moderne lui échappe encore. Dans les moines, il
célèbre les derniers romantiques ; car il n'a pas encore
trouvé la poésie de la vérité, ce néo-romantisme qui
dégagea l'héroïsme de la vie ordinaire. Il aime en eux
les grands rêveurs, « les chercheurs de chimères sublimes[1] », mais il ne peut leur apporter aucun secours,
il ne peut défendre leur bien, car déjà les héritiers
sont là qui attendent. Les poètes seront ces héritiers,
qui remplaceront la religion de jadis et ses fidèles –
et il y a là un très curieux écho de la pensée de David
Straus ; ils seront les gardiens de la beauté, qu'ils
susciteront éternellement. Ce sont les poètes – et déjà
surgit l'idéal profond du Verhaeren de l'avenir – qui
agiteront comme un drapeau leur foi nouvelle sur le
monde, eux, « les poètes, venus trop tard pour être
prêtres[2] » et qui prêcheront un Évangile nouveau.
Toutes les religions, toutes les croyances retournent
à la mort et à la poussière. Comme Pan, le Christ lui
aussi meurt ; ainsi devra mourir et disparaître la dernière et suprême conquête de l'esprit,

> *Car il ne reste rien que l'art sur cette terre*
> *Pour tenter un cerveau puissant et solitaire*
> *Et le griser de rouge et tonique liqueur[3].*

Dans cet hymne magnifique à la poésie, on sent
que Verhaeren commence à revenir du passé et se
tourne vers le premier chemin qui conduit au futur.

---

1. « Aux moines », *Les Moines*.
2. *Ibid.*
3. *Ibid.*

Sous l'empire de sentiments puissants et neufs, l'idée poétique apparaît ici comme une tentative de rajeunissement, comme un devoir, comme une mission : l'étroite observation naturaliste le cède au concept encore vague d'un idéal nouveau qui, au lieu de poétiser la religion, l'identifie avec la poésie.

Si grand que fût dans ces deux premiers livres l'effort du poète pour donner une description réaliste de la Flandre, le présent y conservait encore une nostalgique inclination vers le passé. Tout tempérament s'évade de la réalité. C'était bien dans un sens idéaliste que la Flandre se trouvait décrite dans ces deux livres ; mais cet idéal s'y projetait en arrière. La conception de la beauté qu'avait alors le jeune Verhaeren était conventionnelle et lui avait fait chercher dans les moines le symbole de la beauté, tandis que les vieux maîtres flamands lui représentaient la puissance et l'ardeur de la vie. Il avait encore besoin de recouvrir le présent du costume du passé pour en découvrir l'héroïsme et la beauté, comme maints poètes d'aujourd'hui qui, pour peindre des hommes dans toute leur force, situent leur drame à l'époque de la Renaissance, ou, pour atteindre la beauté, revêtent leurs personnages de tuniques et de robes grecques. Verhaeren ne saurait encore trouver la force et la beauté dans la réalité des choses qui nous entourent. Aussi a-t-il rejeté cet ouvrage. Dans la distance qui sépare l'œuvre ancienne de la nouvelle, on peut mesurer avec fierté l'extraordinaire chemin qui, du poète traditionnel, conduit au poète vraiment contemporain.

Le contraste intérieur qui divise la nation belge, ce combat entre le corps et l'âme, entre la joie de vivre et le désir de la mort, entre la jouissance et le renoncement, l'alternative entre le oui et le non, tout cela est déjà marqué dans le contraste des deux livres, pas encore de main de maître, sans doute, ni dans toute la lumière de la réalité. Chez un poète vraiment sensible à l'émotion, ce contraste ne pouvait rester purement extérieur : il devait se résoudre à poser un problème intime, qui devait aboutir à un choix personnel entre le passé et l'avenir. Ces deux conceptions du monde, héritées toutes deux avec le sang, le poète en a pris conscience : s'il leur est possible de rester en bonne intelligence dans les réalités, elles doivent entrer en conflit dans l'esprit de ce poète : celui-ci doit prendre une décision, une décision violente, ou, mieux encore, une décision motivée par une conciliation intérieure. Placé devant ce contraste : affirmer ou nier la vie, le poète sent s'élever en lui un combat pour la conception du monde. Ce combat dura dix ans : ses terribles crises tourmentèrent si bien la vie de l'artiste et de l'homme qu'elles faillirent le mener à l'anéantissement. La grande inimitié qui divise le pays semble avoir pris son âme pour champ clos. Le passé et l'avenir y engagent un combat singulier, mortel et destructeur, afin d'ériger une synthèse nouvelle. Mais ce n'est qu'au prix de semblables crises, de si impitoyables combats entre leurs propres forces, que grandissent les hautes conceptions du monde et que se scelle leur réconciliation.

CHAPITRE VI

La crise

Nous sommes tous des Christs qui embrassons nos croix.

« La joie »

À approfondir toute sensation, on s'aperçoit en dernière analyse qu'elle n'est qu'une forme de la douleur. Tout ce qui, par vibration ou contact, parvient à l'épithélium l'impressionne douloureusement. C'est cette douleur qui, par la mystérieuse chimie des nerfs, et transmise de centre en centre, se transforme en sensation colorée, auditive, intellectuelle. Le suprême secret du poète réside à proprement parler dans le degré supérieur de sa sensibilité. Il lui faut, pour ainsi dire, un filtre plus fin pour clarifier cette douleur du contact jusqu'à la réduire à un sentiment. Il faut un système nerveux plus affiné que celui des autres hommes. Là où ceux-ci ne sentent rien ou ne reçoivent qu'une impression confuse, il doit avoir déjà une perception claire, accompagnée de sentiment, pouvoir en déterminer la valeur et vibrer en concomitance. À chaque excitation, dès les premiers livres de

Verhaeren, correspond une réaction d'espèce toute particulière. Son sentiment, à vrai dire, ne se déclenche que selon des excitations fortes, intensives, aiguës. La finesse de sa perception n'a rien d'anormal ; l'énergie du choc en retour est seule remarquable. Ses premières excitations d'ordre artistique, venues des paysages flamands, n'impressionnent que sa rétine : éclat des couleurs et charme plastique. C'est dans *Les Moines* que se cristallise pour la première fois un sentiment délicat des nuances psychiques.

Sur ces entrefaites la vie extérieure de Verhaeren se trouva transformée. Il se détourna de la nature et résolut de se cultiver : il y subit des excitations différentes qui devaient susciter d'autres réactions. Il avait fait de grands voyages et connu Paris, Londres, l'Espagne et l'Allemagne. Une force d'attraction impétueuse l'avait précipité vers toutes les grandes idées, vers les formes nouvelles, les innombrables conceptions de l'existence. Sans trêve, des expériences de toute sorte s'offrent infatigablement à lui et l'accablent. Mille impressions l'abordent et réclament chacune une réponse. Les grandes villes ténébreuses déchargent toute leur électricité vers lui, et ses nerfs se chargent d'étincelles. Sur sa tête, les nuages des cités assombrissent le ciel. À Londres, il erre comme dans une forêt perdue. Cette ville, grise de brouillard, bâtie, semble-t-il, en acier, répand toute sa mélancolie dans l'âme du poète étranger qui y vit isolé, ignorant la langue, sentant grandir sa solitude d'autant que lui restent incompréhensibles les manifestations de toute cette nouveauté qui compose la vie des grandes cités. Il ne sait pas encore capter la poésie qui est en elles. Il ne comprend pas, et il ne

lui en demeure que la sensation confuse et douloureuse d'une attaque qui pénètre. Mais cette nouvelle
ambiance ne tarde pas à affiner ses nerfs. Déjà le plus
léger contact avec le monde extérieur suscite de sa part
une réaction frémissante. Chaque bruit, chaque couleur, chaque pensée entre en lui comme des pointes
d'aiguilles. Tout son organisme est miné. Sa sensibilité,
si saine, s'hypertrophie. Comme il arrive souvent dans
le mal de mer, il a cette finesse d'ouïe par laquelle les
nerfs ressentent tout bruit – même le son le plus léger –
comme un coup de marteau ; l'odeur la plus ténue
le corrode comme un acide ; tout rayon lumineux le
brûle comme une pointe de métal chauffée à blanc. À
ce malaise psychique vient s'ajouter et correspondre
une souffrance physique. Verhaeren fut alors atteint
d'un mal d'estomac nerveux, par une de ces répercus-
sions du moral sur le physique où l'on ne saurait dire
si les douleurs stomacales provoquent l'état neurasthénique ou si c'est le surmenage des nerfs qui cause l'arrêt
des fonctions digestives. Intérieurement, les deux maladies sont coordonnées : l'organisme s'oppose aux
impressions de l'extérieur et se refuse à la conversion
chimique. De même que, pour l'estomac, l'ingestion
d'un corps étranger aux aliments fait naître une sensation de douleur, de même, pour l'oreille, chaque son
provoque la gêne et la répulsion, et, pour l'œil, toute
perception engendre une souffrance. Ce fut un véritable cas pathologique dans la vie de Verhaeren que ce
refus qu'il opposait alors au monde extérieur. Il fallut
enlever la sonnerie de la porte parce qu'elle l'effrayait ;
les habitants de la maison durent changer leurs chaussures pour des pantoufles de feutre ; les fenêtres furent
fermées à cause du bruit de la rue. Ce furent là des

années de véritable dépression, la crise du sens vital.
Lorsqu'ils souffrent ainsi, les malades s'enferment loin
du monde. Ils fuient les hommes, la lumière, le bruit,
les livres, tout ce qui est contact avec le dehors. Leur
instinct les avertit que tout, loin d'enrichir leur vie,
renouvellera leur douleur. Ils tâchent à rendre le
monde plus silencieux, atténuent les couleurs, se
murent dans la monotonie et dans l'isolement. Bientôt
cette « soudaine lassitude[1] » s'attaque au moral, para-
lyse la volonté, pour qui elle dérobe le sens de la vie.
Toute valeur s'effondre, tout idéal s'évanouit dans le
plus effroyable nihilisme. La terre n'est plus qu'un
chaos, le ciel qu'un espace vide. Tout se réduit au
néant, à l'absolue négation. Dans la vie d'un poète, de
telles crises sont presque toujours stériles. C'est pourquoi nous devons estimer comme inappréciable le fait
qu'un poète, dans cet état, se soit observé, se soit
expliqué à lui-même, que, sans effroi devant la laideur,
la confusion de son moi, il ait trouvé assez d'énergie
pour écrire l'histoire de son âme en pleine crise. La
trilogie de Verhaeren : *Les Soirs, Les Débâcles, Les
Flambeaux noirs*, constitue un document de la plus
haute valeur pour le psychologue. On y voit une
volonté pénétrante développer jusqu'aux dernières
conséquences chacune des formes de la vie et décrire
l'évolution d'une maladie intellectuelle qui touche
presque à la folie. Un poète s'est trouvé qui, comme
un médecin, a suivi obstinément les symptômes de son
mal jusque dans la douleur la plus lancinante, et qui,

---

1. « L'heure mauvaise », *Les Bords de la route*.

du processus d'une inflammation nerveuse, a su faire un poème immortel.

Le décor de ce livre n'est plus la figuration même du pays ; c'est à peine s'il touche encore à la terre. C'est un grandiose paysage de rêve, des horizons semblables à ceux qui s'ouvrent en d'autres planètes, c'est un univers lunaire, un monde refroidi où ne parvient pas la chaleur terrestre, où seul un froid glacial remplit les lointaines solitudes, où nul être humain ne respire. Déjà, dans *Les Moines*, le joyeux paysage à la Rubens s'était assombri, et dans le livre suivant : *Les Bords de la route*, on dirait que la main grise des nuages s'est abattue sur le soleil. Ici toutes les couleurs qui peignent la vie sont éteintes ; nulle étoile ne resplendit dans ce ciel métallique aux reflets d'acier. Seule, la clarté froide et cruelle de la lune y coule parfois un sourire ironique. Ce sont là livres en accord avec les nuits livides pendant lesquelles les nuages enclosent le ciel de leurs ailes monstrueuses, le monde semble se rétrécir et les heures encerclent les choses ainsi que de chaînes glaciales et lourdes. Un froid intense est répandu sur cette œuvre. « Il gèle…[1] », tel est le début d'un poème, et ces lugubres syllabes reviennent comme sur la plaine sans limite le hurlement continu d'un chien. Le soleil est mort et les fleurs sont mortes. Les arbres et les marais mêmes sont gelés en ces blancs minuits.

Et la crainte saisit d'un immortel hiver
Et d'un grand dieu soudain, glacial et splendide[2].

---

1. « La barque », *ibid.*
2. « Le gel », *Les Soirs.*

Dans sa fièvre, le poète rêve sans cesse de ce froid : il en a presque le désir nostalgique. Personne ne lui parle ; les rues ne sont hantées que par le vent hurlant sans cause comme les chiens autour de la maison. Lorsque apparaissent parfois des rêves, ils revêtent un certain caractère *Fleurs du mal*. Ils surgissent, de toute cette glace, brûlants, jaunes, empoisonnés. Les jours, de plus en plus, se font monotones, effroyables, et, ainsi que des gouttes d'eau lourdes et noires, finissent par tomber.

Mes jours toujours plus lourds s'en vont roulant leur
[cours[1] !

Tout, dans ces vers, depuis la pensée jusqu'à l'ono-matopée poétique, exprime l'horreur de ce vide. Le tic-tac de l'horloge frappe en vain dans ce néant sans fin pour mesurer une durée stérile. Les murs s'assom-brissent de plus en plus et semblent de jour en jour plus pesants. La solitude, comme un miroir concave, restreint les rêves et les transfigure en d'horribles gri-maces. Et, dans le cœur que la paix a déserté, les mauvaises pensées, comme des esprits, s'entretien-nent l'une l'autre.

La lassitude, ainsi qu'un brouillard, s'étend sur l'âme, lourde de ses nuages étouffants. C'est d'abord la mort du désir ; puis celle de la volonté qui ne songe même plus à posséder la joie. Les nerfs, fatigués, crain-tifs, se dérobent à toute impression et retirent leurs antennes de l'univers extérieur. Ce que le hasard amène encore jusqu'à eux n'est plus ni couleur, ni son,

---

1. « L'heure mauvaise », *Les Bords de la route.*

ni aucune sensation. Leur faiblesse se refuse à convertir chimiquement leurs impressions : tout reste à l'état primitif de douleur sourde et lancinante. Les sensations nerveuses ne sont plus là pour alimenter les sentiments, et le désir n'est plus éveillé. Voici l'automne, toutes les fleurs sont effeuillées et l'hiver approche.

> *– Il fait novembre en mon âme –*
> *Et c'est le vent du Nord qui clame*
> *Comme une bête dans mon âme[1].*

D'une poussée lente, mais irrésistible, monte le flot des pensées néfastes : la négation de toute signification de l'existence, l'idée de la mort. C'est le dernier désir qui vibre dans ces mots :

> *Mourir ! comme des fleurs trop énormes, mourir[2] !*

Tout le corps est comme une plaie mise à nu au contact du monde extérieur et faite de toutes ces petites douleurs lancinantes. Aucun grand sentiment n'est susceptible de s'élever, on est tout dévoré de ces médiocres souffrances, qui vous rongent et vous convulsionnent et qui font le patient se dresser ainsi qu'une bête harcelée par la piqûre des insectes : il brise ses chaînes et se rue droit devant lui, comme un aveugle. Le malade veut s'arracher à son lit de torture, mais il lui est impossible de fuir en arrière : on ne peut plus « se recommencer enfant, avec calcul[3] ».

1. « Vers », *ibid.*
2. « Mourir », *Les Soirs.*
3. « S'amoindrir », *Les Débâcles.*

Les voyages, les rêves n'agissent qu'à la façon de stupéfiants : au réveil le martyre redouble. Une seule route semble s'ouvrir, celle qui mène en avant, droit à l'anéantissement. Dans ces mille petites souffrances, la volonté n'aspire qu'à en trouver une qui puisse être mortelle. Pour ne pas se consumer à petit feu, elle souhaite fondre d'un seul coup. Le malade, comme fait celui qui, dans la fièvre, déchire ses plaies, veut que cette douleur, qui l'accable sans pouvoir l'anéantir, s'exaspère et s'envenime jusqu'à pouvoir en mourir. Il s'enorgueillit jusqu'au bout d'être la propre cause de son anéantissement. Il ne permet pas que la douleur ne soit qu'une série de piqûres d'aiguilles ; il se refuse à « pourrir, immensément emmailloté d'ennui[1] ». Il veut que cette douleur soit grande, ardente et sauvage pour le détruire ; il désire une fin qui soit belle et tragique. La volonté de vivre la vie se métamorphose ici en volonté de souffrir, voire de mourir. Subir toutes les tortures, sauf celles de la médiocrité ! Échapper ainsi au mépris de soi-même, à la maladie, à l'abattement !

N'entendre plus se taire, en sa maison d'ébène,
Qu'un silence total dont auraient peur les morts[2].

Avec une volupté analogue à celle d'un flagellant, il entretient en lui ce feu caché, jusqu'à ce qu'il s'élève en un flamboiement d'incendie. Le fond le plus secret de l'art de Verhaeren réside toujours dans le goût de la surabondance, de la vigueur outrancière. C'est ainsi qu'il exalte sa douleur et sa neurasthénie jusqu'au

---

1. « Si morne ! », *ibid.*
2. « Le roc », *Les Flambeaux noirs.*

merveilleux, jusqu'à l'ardent, jusqu'à l'immense. Cette idée de la délivrance éveille enfin un désir, suscite un cri. Voici que, pour la première fois depuis longtemps, le mot joie resplendit dans ce cri :

> *La joie, enfin, me vient de souffrir par moi-même,*
> *Parce que je le veux[1].*

Certes, il n'y a là encore qu'une joie morbide, un sophisme, une victoire trompeuse du suicide sur la vie ; car, bien loin d'être un triomphe sur la destinée, celui-ci n'en est que la suprême déchéance. Mais cette erreur porte déjà en elle quelque sublimité. Par cette subite rentrée en scène de la volonté, la torture physique du système nerveux se transforme en phénomène psychique, la maladie du corps gagne l'intellect, la neurasthénie devient une déformation morale. Le conflit que la vie a fait naître dans sa personnalité se dédouble dans une certaine mesure. Il y a en lui deux éléments : l'un qui excite la douleur, l'autre qui la souffre : le tortionnaire et le torturé. L'âme veut divorcer d'avec le corps, s'arracher à ses tourments physiques :

> *Pour s'en aller vers les couchants et se défaire*
> *De soi, comme une fin lente de jour, un jour,*
> *En un voyage ardent et mol comme l'amour*
> *Et légendaire ainsi qu'un départ de galère[2] !*

Mais ces deux éléments demeurent liés l'un à l'autre : nulle fuite n'est possible, malgré le dégoût

1. « Insatiablement », *Les Soirs.*
2. « Là-bas », *Les Bords de la route.*

que le poète éprouve et qui l'adjure par contraste de
sauver au moins une part de lui-même, en l'amenant
à plus de pureté, de calme et d'élévation. Jamais, je
crois, un malade n'a ressenti plus vivement l'horreur
de sa propre personne, jamais un vivant n'a manifesté
plus fortement sa volonté de parvenir à la santé,
jamais ces efforts n'ont été plus douloureux que dans
ce livre de révolte diabolique contre soi-même. L'âme
dans sa douleur se trouve scindée. Au sein de la même
personnalité, le bourreau et la victime engagent une
lutte terrible l'un contre l'autre. « Se cravacher dans
sa pensée et dans son sang[1] », et, enfin, au paroxysme
de la fureur « me cracher moi-même[2] », tels sont les
cris de haine et du dégoût de soi ; cris épouvantables,
cris déchirants. Comme sous un coup de fouet, de
toute sa force cabrée, l'âme s'arrache à la pourriture,
à la souffrance du corps ; mais cette séparation reste
impossible, et la sentir telle est la dernière des tortures. Dans cet effort d'arrachement, voici que vacil-
lent déjà les premières lueurs de la folie.

Jamais – à l'exception de Dostoïevski – aucun poète
n'a plus profondément fouillé d'un scalpel plus cruel
ses propres plaies jusqu'à effleurer les nerfs à vif.
Jamais peut-être – sauf dans *Ecce homo* de Nietzsche
– aucun poète ne s'est approché autant de l'abîme de
la vie, pour se repaître de la sensation de son vertige,
du sentiment d'un mortel danger. L'incendie des nerfs
a lentement gagné le cerveau. Mais, en vertu de son
dédoublement, *l'autre* est demeuré en éveil ; il
a remarqué que l'œil de la folie le guettait ; il en a

---

1. « Vers le cloître », *Les Débâcles.*
2. « Un soir », *Les Bords de la route.*

subi la lente attirance et l'inévitable magnétisme.
« L'absurdité grandit comme une fleur fatale[1]. » Avec
une terreur douce et mystérieusement voluptueuse, il
a senti s'approcher l'Horrible. Depuis longtemps
il s'était rendu compte que ce déchirement intime
avait chassé sa pensée du cercle de clarté. Et, dans un
superbe poème, il a la vision du cadavre de sa raison
flottant au fil de la Tamise, et nous décrit ainsi cette
fin tragique :

> *Elle est morte de trop savoir,*
> *De trop vouloir sculpter la cause,*
> ....
> *Elle est morte, atrocement,*
> *D'un savant empoisonnement,*
> *Elle est morte aussi d'un délire,*
> *Vers un absurde et rouge empire[2].*

Mais cette pensée ne l'effraie pas. Verhaeren est un
poète qui aime le paroxysme. Et, de même que la souffrance physique s'était enivrée de soi jusqu'à souhaiter
ardemment d'atteindre son plus haut degré : la mort,
de même la pensée, dans sa maladie, réclame avec
ivresse sa propre dissolution, où sombrerait tout ordre
spirituel, où elle trouverait sa fin la plus magnifique :
la folie. Là encore il se plaît à se préparer de la douleur,
et ce goût morbide s'exaspère jusqu'à lui faire désirer
sa propre destruction. Tel un malade qui, au sein de
ses tourments, se prend à appeler la mort à grands cris,
le supplicié n'a plus que ce cruel désir : la folie.

----

1. « Fleur fatale », *Les Soirs*.
2. « La morte », finale du volume : *Poèmes, nouvelle série*.

Aurai-je enfin l'atroce joie
De voir, nerfs par nerfs, comme une proie,
La démence attaquer mon cerveau[1] ?

Il a mesuré toutes les profondeurs de l'esprit ; mais toutes les paroles de la religion et de la science, tous les élixirs de la vie n'ont pu lui apporter le salut. Il n'est pas de sensations qu'il n'ait connues, mais toutes sont restées médiocres, semblables à des piqûres d'aiguilles ; aucune n'a su l'exalter, l'élever au-dessus de lui-même. Mais pour l'ultime son cœur flambe d'un ardent désir. Il ne peut plus l'attendre ; il se précipite à sa rencontre : « Je veux marcher vers la folie et ses soleils[2]. » Cette folie, il l'invoque comme un saint, comme le Rédempteur lui-même. Il se force « à croire à la démence ainsi qu'en une foi[3] », et c'est là un tableau admirable, aussi beau que la légende héracléenne, lorsque le héros, sous la torture de la tunique de Nessus, se jette sur un bûcher pour y trouver la mort dans une grande flamme rapide, au lieu de se laisser consumer par la multitude des petits tourments.

Nous atteignons ici au suprême degré du désespoir. La mort et la folie accolent leurs deux drapeaux, noir et rouge. Par voie de conséquence, selon une logique inouïe, Verhaeren, parce qu'il désespère de trouver un sens à la vie, a haussé la démence et la vésanie à la dignité de fin universelle. Mais justement cette conversion complète porte en elle les germes de la victoire. Ainsi que l'a magistralement démontré Johannès Schlaf, c'est au moment où il est le plus

1. « Le roc », *Les Flambeaux noirs*.
2. « Fleur fatale », *Les Soirs*.
3. « Le roc », *Les Flambeaux noirs*.

crucifié, où il s'écrie : « Je suis l'immensément perdu[1] », où il erre sans guide aux bords de l'infini, que le malade se retrouve.

> *À chaque heure, violenter sa maladie ;*
> *L'aimer et la maudire[2]...*

Tel est, dès lors, le *leitmotiv* le plus important de l'œuvre de Verhaeren : c'en est la clef libératrice. En effet, il n'y a rien là d'autre que sa maxime favorite : maîtriser toute résistance par un amour illimité, « aimer le sort jusqu'en ses rages[3] », n'éviter jamais une chose, mais se saisir de toutes, les exalter jusqu'à la volupté créatrice et extatique, et s'offrir à toute souffrance avec un empressement toujours nouveau. Il n'est pas jusqu'à ce cri vers la folie – sans doute le document le plus significatif sur le désespoir humain – qui n'ait sa cause dans un immense désir de clarté. À travers les dégoûts et les affres de la maladie, c'est bien la joie de vivre qui crie d'une voix peut-être inconnue de nos jours. Tout ce conflit qui semble se résoudre par la désertion devant l'existence provient, au contraire, d'un héroïsme formidable et sans nom. Voici réalisée par la vie la grande parole de Nietzsche : « Pour une tâche dionysiaque, la dureté du marteau, la joie même de la destruction, font partie, de la façon la plus décisive, des conditions premières[4]. » Tout ce qui semble ici négatif acquiert

---

1. « Les nombres », *ibid.*
2. « Celui de la fatigue », *Les Apparus dans mes chemins.*
3. « La joie », *Les Visages de la vie.*
4. Friedrich Nietzsche, *Ecce homo* (trad. Henri Albert).

une signification élevée et constitue une préparation à une action positive.

C'est pourquoi cette crise et l'œuvre qu'elle a produite demeurent un impérissable monument de la littérature contemporaine ; elle est aussi l'éternelle commémoration de la victoire remportée sur la souffrance humaine par la toute-puissance de l'art. La crise dont a souffert Verhaeren, en dissociant ses données les plus intimes sur la valeur de la vie, a été plus grave que celle de n'importe quel autre poète de notre temps. Aujourd'hui encore son front haut garde la trace de ce passé douloureux : les souffrances, comme des coins de fer, y ont creusé des rides, qu'aucune guérison, qu'aucun état de santé plus robuste n'a pu effacer. Ce fut un incendie sans pareil que cette crise brûlant de toutes les flammes de la passion. Des acquisitions de jadis, rien absolument n'a pu être sauvé. Toutes les anciennes relations du poète avec le monde ont été brisées. Sa foi catholique, sa religion, sa conception du pays, du monde, de la vie, tout a été anéanti dans ce désastre. Désormais, pour bâtir son œuvre, il se trouvera complètement différent ; il va employer une autre expression artistique, ressentir d'autres impressions, acquérir de nouvelles connaissances de l'univers, d'autres harmonies. Du paysage de son âme, où régnait naguère la paix d'une modeste existence, cet ouragan a fait un désert sans chemins. Mais ce désert et cette solitude embrassent de grands espaces libres, afin que puisse s'y élever un nouveau monde, plus riche et d'une valeur infiniment accrue.

CHAPITRE VII

Fuite dans le monde

On boit sa soif ; on mord sa faim.

« L'amour »

Cette crise fut celle de la négation, poussée jusqu'aux plus extrêmes limites du possible. Le malade ne s'était pas seulement dérobé au monde extérieur, mais encore à lui-même. Rien ne persistait en lui que l'absence de toute volition, qu'un sentiment de dégoût et de souffrance.

La vie en lui ne se prouvait
Que par l'horreur qu'il en avait[1].

Il avait franchi toutes les étapes imaginables, jusqu'à cette dernière après quoi il faut périr ou se transformer. Tout d'abord la douleur avait été purement physique qui n'affectait que les organes des sens pour les exacerber ; puis elle avait provoqué une

---

1. « Un soir », *Les Bords de la route*.

dépression morale. L'abattement s'était changé en souffrance psychique. Par une extraordinaire progression, ce sentiment de douleur correspondait non plus seulement à chaque excitation particulière, mais à une sorte d'excitation générale et perpétuelle, causée par l'ensemble des choses ; *ce fut véritablement la douleur cosmique*. Mais en celui qui a pu assumer à lui seul le fardeau de la douleur universelle, et qui fut assez robuste pour la soutenir à travers les siècles, en celui-là, dis-je, les hommes ont cru trouver le symbole du Christ. Quant à y être terrestre et mortel, il ne peut que se briser sous un tel poids. La vie tenait ici sa vengeance : elle avait refoulé celui qui l'avait niée jusqu'aux confins de son propre moi, l'acculant à l'épouvante devant l'abîme de sa propre poitrine, dans une tragique confrontation avec la mort et la folie. L'organisme physique et poétique de Verhaeren était comme surchauffé à un point extrême, plein de dangers. Cette extase ardente et fiévreuse – celle d'un flagellant – avait amené son sang à un haut degré d'ébullition, et suscitait au plus profond de sa poitrine d'effroyables images. Seule une aération pouvait dissiper tout cela et empêcher le suicide de se produire ainsi qu'une explosion.

Pour mettre en fuite ces idées de destruction, il n'y avait que deux moyens : se réfugier dans le passé, ou fuir vers un monde nouveau. En de semblables catastrophes certains, comme Verlaine, alors que tout l'édifice de leur vie s'effondrait, dans la crainte de rester seuls sous la menace du ciel, ont trouvé asile dans les cathédrales du catholicisme. Mais Verhaeren, pour croyant et enthousiaste qu'il fût, redoutait le passé bien plus que l'inconnu : *Il ne se délivra de son trop lourd fardeau que par une véritable fuite dans le monde.* Lui qui naguère ne considérait, dans son orgueil, tout le passé de la terre que dans son rapport avec sa propre personnalité, qui voulait trancher à lui seul l'éternel conflit par où la vie engage une lutte immortelle pour être ou n'être pas, voici qu'il se précipite au milieu des choses et qu'il se renferme dans leur existence. Il s'objective maintenant, lui qui jadis se bornait à une sensibilité subjective ; lui qui autrefois fermait sa porte à la réalité, il laisse maintenant ses artères battre à l'unisson de la vie universelle. Il ne se cantonne plus dans une réserve orgueilleuse, il se donne, il se prodigue joyeusement à tout, et troque la fierté de l'isolement contre l'extraordinaire volupté d'une omniprésence. *Il ne considère plus toutes les choses en elles-mêmes, mais soi dans toutes les choses.* Mais c'est par le symbole que le poète en lui arrive à sa complète délivrance, dans le sens de Goethe. De même que le Christ, dans la légende, enferme dans des pourceaux les puissances infernales qu'il chasse du corps du possédé, Verhaeren chasse hors de lui-même sa propre surabondance et la jette dans le monde. La chaleur fiévreuse de sa sensibilité se concentrait et risquait de faire éclater sa poitrine trop étroite ; elle rayonne à présent sur tout ce qui l'entoure, elle l'embrase, là où il n'y avait pour lui autrefois que le froid le plus glacial. Toutes les puissances mauvaises, tous ces fantômes de rêve maladif qui rampaient autour de lui, il les recrée et les reforge dans les formes de la vie, semblable lui-même au forgeron de son admirable poème :

Dans son brasier, il a jeté
Les cris d'opiniâtreté,
La rage sourde et séculaire ;
Dans son brasier d'or exalté,
Maître de soi, il a jeté
Révoltes, deuils, violences, colères
Pour leur donner la trempe et la clarté
Du fer et de l'éclair[1].

Dans l'œuvre d'art, il objective sa personnalité. Des blocs de fer, dont le poids l'écrasait, il forge maintenant les monuments et les statues de la Douleur. Tous ses sentiments de jadis, nébuleux et confus, sans forme et sans consistance ainsi que des songes, ne pèsent plus sur lui comme des cauchemars : ce sont maintenant de claires statues, où se symbolisent comme dans la pierre les expériences de l'âme. Son angoisse, cette angoisse brûlante, plaintive, effroyable, le poète l'a arrachée de lui et l'a toute versée dans le sonneur qui brûle sur la tour en flammes. La monotonie de ses jours s'est faite musique dans le poème de la pluie ; son combat insensé contre les éléments, qui, cependant, sont parvenus à briser sa force, il l'a représenté par ce passeur d'eau qui lutte contre le courant, tandis que ses rames se rompent une à une. Cette analyse cruelle de sa propre douleur, il l'a enfermée dans le thème du pêcheur qui, dans son filet troué, ne remonte du fleuve sombre que souffrance sur souffrance. Ses plaisirs où le mal rougeoie, il leur a donné la figure spirituelle de cet aventurier qui vient d'un pays lointain afin de retrouver l'amante unique. Les sentiments ne se

---

1. « Le forgeron », *Les Villages illusoires*.

traduisent plus ici par de vagues accords dans des rêves fluides ; ils s'enclosent dans des formes humaines, multiples et changeantes. C'est ici le symbolisme, dans le sens de la délivrance goethienne. Car une sorte d'enchantement chasse de la poitrine du poète tout sentiment qui a trouvé sa forme artistique. Ainsi, peu à peu, l'âme du poète se débarrasse de son pesant fardeau, et la fièvre morbide disparaît de son œuvre. C'est maintenant qu'il peut dévisager l'orgueil et, derrière son masque, la lâcheté qui le poussait au meurtre de soi-même et qui l'obligea à cette fuite devant le monde ; c'est maintenant qu'il aperçoit combien fut néfaste cet égoïsme qui l'isolait de l'univers :

J'ai été lâche et je me suis enfui
Du monde, en mon orgueil futile[1].

En se rendant compte, il a prononcé les mots qui achèvent de le libérer. La crise est finie.

Enfin, le désespoir de Faust est vaincu : des harmonies résonnent comme un matin de Pâques. À l'hymne de la Résurrection se mêle un cri de joie : « La terre m'a reconquis[2] ! » Verhaeren a consacré de nombreux symboles à cette délivrance, à cette ascension qui va de la maladie à la guérison, du *non* désespéré au *oui* bienheureux. Le plus magnifique est cet admirable poème où saint Georges se penche vers lui, avec sa lance lumineuse, et aussi cet autre où les

---

1. « Saint Georges », *Les Apparus dans mes chemins*.
2. Goethe, *Faust*.

quatre sœurs s'approchent de lui pour lui prédire la libération :

> *L'une est le bleu pardon, l'autre la bonté blanche,*
> *La troisième l'amour pensif, la dernière le don*
> *D'être, même pour les méchants, le sacrifice*[1].

La bonté et l'amour vont s'installer là où il n'y avait place autrefois que pour la haine et la désespérance. À leur approche, le poète sent palpiter en lui l'espoir de la guérison, l'espoir d'une force artistique naturelle.

> *Et quand elles auront, dans ma maison,*
> *Mis de l'ordre à mes torts, plié tous mes remords*
> *Et refermé, sur mes péchés, toute cloison,*
> *En leur pays d'or immobile, où le bonheur*
> *Descend, sur les rives de fleurs entr'accordées*
> *Elles dresseront les hautes idées*
> *En sainte-table, pour mon cœur*[2].

La certitude de la guérison se fait de plus en plus sentir. À mesure qu'approche le soleil sauveur, le brouillard se dissipe. Le poète n'ignore plus qu'il a vaqué dans l'ombre comme en les galeries d'une mine, ni qu'il s'était creusé un inextricable labyrinthe dans le dur rocher de la haine, au lieu de suivre, parmi les hommes, le grand chemin dans la lumière. Et voici que surgit, éclatant et joyeux, dominant la voix timide de l'espérance et de la prière, le triomphe soudain de

---

1. « Les saintes », *Les Apparus dans mes chemins*.
2. *Ibid.*

la certitude. Pour la première fois, Verhaeren trouve la forme du poème de l'avenir : le dithyrambe. Là, où jadis hurlait au perdu dans la solitude la plainte de la douleur, où sonnait son « carillon noir », toutes les cordes du cœur vibrent et chantent à présent.

Sonnez toutes mes voix d'espoir !
Sonnez en moi ; sonnez, sous les rameaux,
En des routes claires et du soleil[1] !

Et la route continue dans la clarté, « vers les claires métamorphoses[2] ».

Cette fuite dans le monde a été la délivrance suprême. Certes, le corps a recouvré la santé ; il se réjouit du voyage et se plaît à la route ; l'âme a trouvé la sérénité ; la volonté, qui se sent pousser des ailes nouvelles, s'est encore fortifiée. Mais il y a plus, l'art du poète, lui-même, s'est infusé un sang plus rouge et plus frais. Jusque dans le vers de Verhaeren on sent la délivrance. Jadis, le poème, indifférent, descriptif et pittoresque, conservait la forme froide de l'alexandrin ; ensuite, en pleine crise, en proie à la cruelle monotonie, il s'était essayé à traduire la désolation et le vide des impressions par une uniformité terrifiante et belle de sa tristesse. Maintenant, comme sorti d'un rêve, ce poème prend une vie soudaine ; il sort du sommeil comme un fougueux animal ; il se dresse, il se cabre, il s'agite. Tous les gestes, il les imite : la menace, la malédiction, la joie et l'extase. Brusquement, loin de toutes les influences et de toutes les

---

1. « Saint Georges », *ibid.*
2. « Le forgeron », *Les Villages illusoires.*

théories, le vers a conquis sa liberté. Le poète n'enferme plus le monde en sa personne, mais il se donne tout à lui : ainsi le poème ne prétend plus obstinément clore l'univers entre les quatre murs de sa prison, il s'abandonne, au contraire, à chaque sentiment, à chaque rythme, à chaque phrase mélodique. Il s'adapte. Dans l'ardeur bouillonnante de son désir, il s'étend pour embrasser l'incommensurable étendue des cités. Il sait se comprimer pour enfermer en lui la beauté d'une seule fleur tombée. Il sait imiter tour à tour la voix tonnante de la rue, le bruit des machines, et les murmures amoureux dans un jardin, au printemps. *Le poème peut désormais parler toutes les langues des sentiments, exprimer toutes les voix des hommes, maintenant que le cri plaintif et douloureux de l'isolé est devenu la voix universelle.*

Cette joie nouvelle ne va pas sans apporter au poète la conscience de la faute que naguère il a commise. Il se prend à considérer les années qu'il a perdues en ne vivant que pour lui-même et pour ses sentiments égoïstes et mesquins : que n'écoutait-il la voix de son temps ! Par une étrange concordance du génie, l'œuvre de Verhaeren exprime ici ce que, dans les mêmes années peut-être, Dehmel a admirablement rendu dans son poème, *Le Sermon sur la montagne*, lorsque, laissant tomber ses regards des hauteurs de la solitude sur la ville de fumée, il s'écrie extatiquement :

Que t'en viens-tu pleurer, tempête ? Ô souvenirs,
Disparaissez ! Là-bas dans la fumée, tremblant,
Le cœur de la cité bat. Des millions de voix
Réclament en grondant le bonheur et la paix.
Ver, que veut ta douleur ? Le désir solitaire

Ne coule plus comme jadis, source secrète,
D'un cœur vers d'autres cœurs. Tout un peuple *aujour-*
Gémit farouche et dur vers la clarté, – et toi   [*d'hui*
Tu t'oublies encor, seul, dans la volupté
De la mélancolie ?

Là-bas, ne vois-tu pas, par-dessus la forêt
De cheminées et de forges, comme des poings
Se dresser menaçante l'épaisse fumée ?
Sur ton rêve de pureté, sens du travail
S'abaisser le sarcasme : vois, lui lutte, rongé
Par la saleté. Toi, dis, tu ne fis l'amour
Qu'avec ton seul désir. Plein d'une flamme impure,
Tu fus ta jouissance ; – oh ! répands cette force
Qui dans ton sang afflue, et tu te sentiras
Libre de toute faute[1].

Répands la force qui coule à flots en toi, donne-
toi ! tel est aussi le cri de joie de Verhaeren à cette
époque. Les contraires finissent enfin par se rejoindre.
La suprême solitude se change en communion suprême.

---

1. « *Was weinst du, Sturm ? – Hinab, Erinnerungen ! / dort
pulst im Dunst der Weltstadt zitternd Herz ! / Es grollt ein Schrei
von Millionen Zungen / nach Glück und Frieden : Wurm, was will
dein Schmerz ! / Nicht sickert einsam mehr von Brust zu Brüsten /
wie einst die Sehnsucht, als ein stiller Quell ; / heut stöhnt ein
Volk nach Klarheit, wild und gell, / und du schwelgst noch in
Wehmutslüsten ?*

« *Siehst du den Qualm mit dicken Fäusten drohn / dort überm
Wald der Schlote und der Essen ? / Auf deine Reinheitsträume
fällt der Hohn / der Arbeit ! fühl's : sie ringt, von Schmutz zerfres-
sen. / Du hast mit deiner Sehnsucht blos gebuhlt, / in trüber Glut
dich selber nur genossen ; / schütte die Kraft aus, die dir zugeflos-
sen, / und du wirst frei vom Druck der Schuld !* »

Le poète a senti que le don de soi est meilleur que la réserve. D'un seul coup d'œil, il aperçoit derrière lui l'affreux danger des douleurs égoïstes.

> *Et tout à coup je m'apparais celui*
> *Qui s'est, hors de soi-même, enfui*
> *Vers le sauvage appel des forces unanimes*[1].

Et lui qui jadis désertait cet appel et se réfugiait dans la froideur de l'isolement, il se précipite maintenant face en avant, aiguillonné par un désir intense

> *De n'être plus qu'un tourbillon*
> *Qui se disperse au vent mystérieux des choses*[2].

Pour pouvoir vivre toute la grandeur, toute la beauté, toute l'ardeur de ce monde, il sent qu'il lui faut se multiplier. « Multiplie-toi ! Donne-toi ! », ce cri jaillit ainsi, comme une flamme pour la première fois.

> *Multiplie et livre-toi ! Défais*
> *Ton être en des millions d'êtres ;*
> *Et sens l'immensité filtrer et transparaître*[3].

Cette fraternité qui l'unit à toutes choses déculpe en lui les possibilités de chanter l'époque moderne. Ce n'est que parce qu'il se livre à chaque chose qu'il peut comprendre toutes les manifestations contemporaines

---

1. « La foule », *Les Visages de la vie*.
2. « Celui du savoir », *Les Apparus dans mes chemins*.
3. « La forêt », *Les Visages de la vie*.

et devenir le poète de la démocratie des villes, de l'industrie, de la science, devenir le poète de l'Europe, le poète de notre temps. Seule cette conception panthéiste peut engendrer l'étroit rapport entre le monde individuel et l'univers qui nous entoure, rapport qui doit se résoudre par une incomparable identité. Cette affirmation bienheureuse ne pouvait procéder que d'une négation aussi désespérée. Seul l'homme pourra aimer le monde de tout son être, qui l'a haï également de tout son être.

DEUXIÈME PARTIE

1893-1900

LES CAMPAGNES HALLUCINÉES.
LES VILLAGES ILLUSOIRES.
LES VILLES TENTACULAIRES. LES DRAMES.

CHAPITRE I

Le sentiment contemporain

J'étais le carrefour où tout se rencontrait.

« Le mont »

Au moment critique où, de toutes parts, Verhaeren sentait que de graves dangers resserraient leur étreinte, il s'enfuit vers les réalités, et ce fut sa délivrance. Le salut lui vint, à vrai dire, non pas de se dérober à son propre regard, non pas de ne plus fouiller jusqu'au tréfonds sa volupté et son tourment, mais de ce qu'il prit la décision d'envisager le monde des apparences, et de s'attacher aux problèmes qui s'y posent. En face du monde, il ne saurait désormais demeurer solitaire : il lui faut se multiplier et se réaliser dans toutes les manifestations de la vie, dans toutes ses expressions : volonté, idée, forme. Le but que se propose sa poésie, c'est de s'expliquer non seulement avec lui-même, mais encore avec le monde entier.

Jusqu'à lui, les réalités – surtout celles qui sont les nôtres – étaient tenues à l'écart par les poètes lyriques.

C'était un lieu commun universellement répandu que de parler des dangers que font courir à l'art l'industrialisme et la démocratie. Le machinisme qui caractérise notre siècle ne serait bon qu'à rendre la vie uniforme, qu'à épuiser l'idéalisme, qu'à éteindre la poésie en la noyant dans les réalités. Pour la plupart des poètes, les créations nouvelles de l'humanité : machines, chemins de fer, cités gigantesques, télégraphe, téléphone, toutes ces conquêtes matérielles, tous ces résultats pratiques ont arrêté l'essor de la poésie. Ruskin en fait une sorte de prédication, réclamant la destruction des fabriques, la suppression de leurs hautes cheminées. Pour élaborer l'idéal moral et esthétique de l'avenir, Tolstoï propose l'exemple de l'homme primitif qui satisfait à tous ses besoins sans recourir à la collectivité. Dans les poèmes, le passé s'était, peu à peu, identifié avec la poésie : on s'éprenait des époques grecques, des diligences, des ruelles tortueuses ; on s'enthousiasmait pour toutes les cultures étrangères ; on niait que la nôtre pût être autre chose qu'un produit de dégénérescence. Quant à la démocratie, qui nivelle les conditions, elle semblait parquer le poète dans la caste bourgeoise en lui assignant le métier d'écrivain ; elle semblait ainsi marcher de pair avec le machinisme qui rend inutile toute habileté technique personnelle, par le moyen de ces usines où tout est si ingénieusement agencé. Tous les poètes, qui, dans la vie pratique, acceptaient volontiers d'user de tous ces avantages matériels, heureux de faire rapidement les plus longs voyages, de connaître le confort de l'habitation moderne, de voir se modifier dans le sens du luxe les conditions de la vie, de toucher des honoraires et de jouir de l'indépendance sociale, tous, avec opiniâtreté, se refusaient à découvrir dans l'utilité le moindre motif poétique, le moindre objet d'enthousiasme, d'excitation ou d'extase. Petit à petit, le poétique avait fini par être considéré comme opposé à l'utile. Pour ces poètes, toute évolution semblait marquer une régression dans l'ordre de la culture.

Ce fut justement l'action décisive de Verhaeren d'entreprendre la transvaluation de l'élément poétique. Dans l'ordre démocratique, qui étend sa masse à l'infini, il a trouvé le sublime et le beau. Il a su les trouver non point là seulement où les idées reçues les avaient placés ; il a découvert cette beauté cachée encore sous le proto-phylle de la nouveauté, alors qu'elle commence à peine à se développer. À l'infini il a reculé les limites de l'art lyrique, afin d'y pouvoir intégrer toute manifestation pour peu qu'il lui ait reconnu un sens intérieur et une nécessité. Et il a rencontré un terrain fertile là où tous les autres désespéraient de voir jamais lever une semence poétique. Verhaeren, après s'être confiné dans un si long isolement, ressent tout à coup dans sa plénitude la force qui émane de la société et conçoit la poésie qui, dans les grandes villes et dans les inventions modernes, se dégage de la cohésion de toutes ces forces sociales. *Son effort le plus magnifique, son acte le plus sublime, ce fut la découverte lyrique de la beauté nouvelle enclose dans les choses nouvelles.*

Cette entreprise, il n'a pu la mener à bien que grâce à la conviction que la beauté n'exprime rien d'absolu et qu'elle varie selon les circonstances et les hommes. Le beau est, lui aussi, soumis à la loi de l'évolution ; il est en perpétuelle transformation. La beauté d'hier

n'est plus celle d'aujourd'hui. Elle obéit à cette tendance générale qui veut tout spiritualiser et qui
marque, comme un symptôme des plus caractéristiques, le résultat de toute culture. Ainsi la physiologie
a prouvé que la force corporelle de l'homme contemporain est inférieure à celle de ses ancêtres ; par contre,
son système nerveux se développe, donc sa force se
condense de plus en plus sous la forme intellectuelle.
Le héros grec était le lutteur, expression parfaite d'un
corps harmonieux ; le héros de notre temps est le penseur, qui représente notre idéal d'un esprit puissant et
délié. Or, il est impossible d'évaluer la perfection des
choses selon une autre mesure que celle qui nous est
idéalement imposée par notre sensibilité personnelle.
Et la norme de beauté s'est également pour nous transformée en évoluant vers l'ordre spirituel. Même si nous
la cherchons dans l'ordre corporel, et que nous vou-
lions concevoir, par exemple, un corps féminin idéal,
nous sommes tellement habitués à ne plus placer la
perfection dans la robustesse et la rondeur des formes,
que nous imaginons un jeu de lignes nobles et élancées
qui exprime avant tout quelque chose d'intellectuel.
Pour nous la beauté s'éloigne de plus en plus du plan
extérieur, du corps lui-même, pour aller vers l'expression intérieure, vers le psychique. À mesure que la
force d'expansion trouve moins à s'extérioriser, et que
l'harmonie se fait moins apparente, la beauté s'intel-
lectualise. Pour nous, elle est moins la beauté dans son
apparence que dans sa fin. À notre admiration pour
le télégraphe ou pour le téléphone, les formes extérieures ne sauraient suffire, réseau des fils, commuta-
teurs et récepteurs ; la beauté en est toute spirituelle ;
c'est l'idée que nous nous formons de la course de

l'étincelle à travers l'espace, franchissant des parties du monde. Ce n'est pas par son armature de fer, par le bruit qu'elle fait, ou la suie qui la recouvre, qu'une machine est admirable, mais par l'idée qui est enfermée dans son organisme qui est le principe de son action merveilleuse. La conception moderne de la beauté ne doit pas seulement s'enchaîner à celle de la beauté dans l'avenir. L'esthétique future sera une sorte d'idéologie, ou, comme dit Renan, une identité avec les sciences. Nous désapprendrons à ne connaître les choses que par notre sensualité, à n'apercevoir que l'harmonie de leurs plans extérieurs, et nous finirons par les considérer dans leur finalité, leur forme intérieure, et par ne plus concevoir la beauté autrement que sous la forme d'une organisation psychique.

Car les choses nouvelles sont toutes laides pour qui les regarde avec les yeux du passé. Notre siècle garde encore des sentiments de piété exagérée, qui le conduisent à faire peu de cas de l'œuvre d'art moderne, tandis qu'il paie mille fois trop cher des œuvres indifférentes d'autrefois. C'est ainsi que nous estimons qu'une diligence est poétique et qu'une locomotive est affreuse ; c'est ainsi que tous les poètes qui n'ont encore acquis la libre indépendance n'ont avec nos réalités que des rapports hostiles, sinon indifférents. Ils ne conçoivent pas que, par l'enthousiasme et la volonté, beau et nécessaire puissent être identiques – idée que Nietzsche a parfaitement exprimée : « Ma formule pour la grandeur de l'homme, c'est *Amor fati* : il ne faut rien demander d'autre, ni dans le passé, ni dans l'avenir, pour toute éternité. Il faut non seulement supporter ce qui est nécessaire, et encore moins le cacher – tout idéalisme,

c'est le mensonge devant la nécessité – il faut aussi
l'aimer[1]. » Cependant, de nos jours, quelques rares
esprits ont aimé le nouveau. Ils en ont senti d'abord
la nécessité ; puis ils en ont découvert la beauté. Il y
a quelque cinquante ans, ce fut Carlyle qui prêchait
déjà l'héroïsme de la vie quotidienne, qui conseillait
aux poètes de ne pas chercher le sublime dans les
vieilles chroniques, mais de le prendre plus près
d'eux, dans les réalités. Constantin Meunier a conquis
dans l'idée démocratique une plastique nouvelle.
Whistler, Monet, dans l'atmosphère fumeuse des
grandes villes, où se répand le souffle d'un siècle de
machines, ont découvert une tonalité neuve qui n'est
pas moins belle que l'éternel bleu d'Italie ou que le
ciel alcyonien de la Grèce. Walt Whitman n'a acquis
de force et de puissance qu'en accordant sa voix aux
grandes agglomérations, aux formidables dimensions
de la patrie nouvelle. Toute la difficulté que quelques-uns éprouvent encore à dégager la beauté des
choses modernes vient de ce que notre siècle est une
époque de transition. Les machines n'ont pas encore
triomphé : à leurs côtés subsistent des travailleurs
manuels. Les petites villes sont encore innombrables
où l'idylle peut se réfugier et retrouver des coins de
la beauté ancienne. Ce n'est que lorsque le poète
n'aura plus aucune possibilité de fuir vers un idéal
hérité, qu'il sera obligé de se transformer. Car les
choses nouvelles n'ont pas encore produit leur beauté
organique. Chaque nouveauté se présente avec un
mélange d'étrangeté, de brutalité, de laideur. Ce n'est

---

1. Nietzsche, *Ecce homo* (trad. Henri Albert).

que peu à peu que sa forme particulière se constitue. Les premiers bateaux à vapeur, les premières locomotives, les premières automobiles furent choses laides. Mais les modernes torpilleurs aux formes fines et élancées, les automobiles aux vives couleurs, enfermant leur mécanisme et glissant sans bruit, les grandes machines de la ligne du Pacifique avec leur large poitrail, s'imposent à notre admiration par leur seul aspect extérieur. Les grands magasins – comme ceux que Messel a bâtis à Berlin – affirment une beauté de fer et de verre, qui sans doute n'est pas moindre que celle des cathédrales et des palais d'autrefois. Des choses gigantesques, comme la Tour Eiffel, le Forth Bridge, les vaisseaux de guerre, les hauts fourneaux en feu, les boulevards de Paris ont une beauté nouvelle qui fait pâlir celle des choses du passé. Toutes ces nouveautés prennent une valeur inattendue, d'une part par le but qu'elles poursuivent, d'autre part par la grandeur démocratique et par des dimensions formidables auxquelles seuls ont pu atteindre les ouvrages les plus considérables de l'antiquité. Mais, tôt ou tard, toute beauté doit être traduite en poésie. Entre les temps anciens et les nouveaux, Verhaeren a sûrement jeté l'un des premiers ponts. D'autres poètes viendront, célébreront les beautés nouvelles de ces choses nouvelles : villes énormes, machines, industrialisme, démocratie. Ils chanteront cet effort ardent vers une sublime nouveauté. Mais ils ne s'arrêteront pas à la découverte de la beauté ; ils formuleront les lois du nouvel ordre ; ils inventeront une autre morale, une autre religion, une autre synthèse correspondant à ce nouvel état de choses. La transvaluation poétique du beau n'est que le début de la transvaluation poétique du sentiment vital.

Mais, dans les choses, toujours chaque poète ne saura découvrir que son propre tempérament. S'il est mélancolique, le monde, dans ses livres, perdra toute signification : les lumières s'éteignent et le rire meurt. Mais s'il est passionné, tous les sentiments bouillonnent comme dans une chaudière en plein feu, et cette ébullition jaillit en actions. Le monde réel est multiple ; il contient en lui, à l'état élémentaire, les principes et, pour ainsi dire, les élixirs de la volupté et de la douleur, de la confiance et du désespoir, de l'amour et de la haine. Au contraire, le monde, tel que le conçoivent les grands poètes, se résout à un sentiment unique. Verhaeren, revenu à sa force, considère toutes les choses du même point de vue, qui est celui de leur beauté nouvelle, selon ses propres sentiments, lesquels se réduisent à l'énergie, forme matérielle de l'enthousiasme. C'est elle, c'est l'énergie et la force, qu'il a toujours recherchées – et non pas l'harmonie – dans ses ardentes années comme dans son âge viril. Pour lui une chose est d'autant plus belle qu'elle contient de finalité, de volonté, de puissance, qu'elle contient d'énergie. L'univers tout entier, à l'heure actuelle, est comme surchauffé ; il est tendu vers un effort énergique ; les grandes villes ne sont que d'immenses centres d'énergie multipliée ; les machines sont l'expression de forces domptées et organisées ; les foules innombrables s'unissent pour une action commune. Alors tout paraît à Verhaeren plein de beauté. Il aime notre époque parce qu'elle ne disperse pas l'effort, mais qu'elle le condense, parce qu'elle ne s'éparpille pas, mais qu'elle rassemble

pour l'action. Et soudain tout s'anime sous son regard.
Tout ce qui a de la volonté, tout ce qui se propose un
but, homme, machine, foule, ville, capital ; tout ce qui
vibre, travaille, martelle, voyage, tout ce qui porte en
soi le feu, l'élan, l'électricité et le sentiment, tout cela
sonne dans ses poèmes. Ses anciennes velléités morbides qui le glaçaient et le rendaient hostile sont vivi-
fiées par cet influx de volonté et d'énergie. Tout vit sa
minute ; dans cet engrenage multiple, pas de poussière
ni d'ornement inutile ; la création est partout ; le sentiment de l'avenir dirige toute action. Voici que la ville,
cet amoncellement babylonien de pierres et d'hommes,
naît tout à coup à la vie ; c'est un être vivant, un
vampire qui suce le sang vigoureux des campagnes.
Les fabriques qui, jadis, n'étaient pour Verhaeren que
de hideux ouvrages de maçonnerie, deviennent un
centre de création pour mille choses qui elles-mêmes
engendrent d'autres choses. D'un seul coup – sans
l'avoir voulu – Verhaeren s'est affirmé poète social, le
poète du siècle des machines, le poète de la démocratie, le poète de la race européenne. L'énergie remplit tout son poème : force enchaînée, enthousiasme,
paroxysme, extase, quelque nom qu'on lui donne, c'est
toujours une force agissante, ardente, sans cesse en
mouvement et qui ignore le repos.

Plus de déclamation dans son poème. Il n'est plus
le caveau marmoréen d'un état d'âme. C'est un cri.
C'est un combat avec ses alternatives de défaite et de
victoire, un véritable combat matérialisé. Toutes les
valeurs se sont pour lui modifiées. Ses répugnances
d'autrefois, Londres, la grande ville, les gares, la
Bourse, lui imposent maintenant leur séduction de
difficile problème poétique. Plus une chose semble

se refuser à la beauté, plus il engage la lutte pour découvrir cette beauté. Et plus cette lutte est douloureuse, plus il en jouit extatiquement. La force, qui s'était tournée criminellement contre elle-même, se manifeste, maintenant, dans la joie de son pouvoir créateur, à travers le monde. Combattre la résistance, arracher la beauté de ses recoins les plus cachés, ne fait que décupler sa puissance voluptueuse de création. *Verhaeren crée maintenant le poème de la grande ville dans le sens dionysiaque, l'hymne à notre époque, l'extase toujours renouvelée devant la vie, incommensurablement belle en son perpétuel renouvellement.*

CHAPITRE II

Les villes

Le siècle et son horreur se condensent en elles
Mais leur âme contient la minute éternelle.

« Les villes »

Lorsqu'un malade atteint enfin sa guérison, que ses yeux se rouvrent à la lumière et ses bras à toutes choses, il éprouve une béatitude infinie à sentir partout l'air qui circule librement, à contempler les orgies du soleil, à écouter les torrents du bruit universel, à se laisser pénétrer, dans une clameur de joie, par la symphonie de la vie. Dès ce premier instant de la guérison, Verhaeren a été comme altéré de vivre ; dans son enthousiasme il semblait vouloir rattraper, d'un seul bond, les années qu'au temps de sa crise il avait perdues dans la solitude et la maladie. Son regard, son oreille, ses nerfs, tous ses sens, comme affamés, se précipitèrent, dès lors, sur les choses, dans la furie de leur désir. Leur ardeur ne pouvait se satisfaire que dans l'entière possession. Comme s'il eût voulu étreindre toute l'Europe, Verhaeren a parcouru

alors tous les pays. L'Allemagne, Berlin, Vienne
et Prague le virent, voyageur toujours solitaire, ignorant les idiomes et n'écoutant que la grande voix des
villes, que le murmure mystérieux et sombre qui,
pareil au bruit des flots, monte des métropoles européennes. Pèlerin pieux, il s'en fut vénérer le tombeau
de Wagner à Bayreuth ; à Munich il se pénétra de
cette musique d'extase et de passion. À Colmar, il
apprit à comprendre Mathias Grünewald, qui devint
son peintre préféré. Les paysages tragiques du nord
de l'Espagne le conquirent, avec leurs montagnes
dépouillées et sombres, dont les diverses silhouettes
serviront de fond aux péripéties enflammées du
drame *Philippe II*. À Hambourg, il s'enthousiasma au
spectacle de la circulation colossale : des jours entiers
il contempla l'arrivée et le départ des navires, leur
chargement et leur déchargement. Partout où la vie
manifestait une intensité, une expression, une énergie
nouvelle, il l'a aimée jusqu'au paroxysme. C'est une
marque très caractéristique de son tempérament que
l'harmonieuse beauté des villes calmes et claires,
rêveuses et comme ensommeillées, le séduise moins
que les cités modernes, noires et de suie couvertes.
Sa dilection se détourna presque intentionnellement
de l'idéal traditionnel pour aller vers l'inconnu. Florence, symbole de poésie à travers les siècles, lui
fut une désillusion : trop doux lui parut l'air italien,
trop grêles les contours, trop rêveuses les rues. Au
contraire, Londres l'émut comme une découverte,
avec son agglomération, son amoncellement de maisons et de fabriques. Il admira cette ville qui semble
coulée dans l'airain, ce labyrinthe de rues sales
et grouillantes où bat infatigablement le cœur du

commerce mondial, où la fumée des usines en travail menace d'obscurcir le ciel. Les villes industrielles n'avaient jusqu'ici inspiré aucun poète. Ce sont celles justement qui attirent Verhaeren, ces villes qui se créent à elles-mêmes avec leurs brouillards et leurs fumées la voûte de leur ciel aux teintes plombées, ces villes qui emprisonnent leurs habitants pendant des lieues et des lieues. À ce poète, qui met toute sa joie dans la couleur, Paris est devenu cher. Tous les hivers il y séjourne. Il se plaît à cette agitation affairée, à cette activité qui paraît s'essouffler, cette rivalité, cette ardeur fiévreuse, cette confusion babylonienne. Il aime ce pêle-mêle et son étrange musique. Souvent il est resté des heures sur l'impériale des lourds omnibus pour mieux voir la cohue, les yeux clos pour mieux sentir pénétrer en lui-même ce bourdonnement sourd, si pareil dans sa continuité au bruissement de la forêt. Il ne s'intéresse plus comme dans ses premiers livres à l'existence des petits métiers ; il aime cette ascension du travail manuel vers le travail mécanique, dont on n'aperçoit pas le but mais seulement la formidable organisation. Peu à peu cet intérêt lui est devenu une raison suffisante de vivre. Le socialisme, qui alors grandissait en force et en activité, tomba comme une goutte rouge dans la pâleur maladive de son œuvre poétique. Vandervelde, le chef du parti ouvrier, devint son ami. Lorsque le parti fonde à Bruxelles la Maison du Peuple, Verhaeren vient courageusement à son aide, fait des conférences et prend part à tous ses efforts. Ensuite, dans une vision magnifique de ces mêmes efforts, il fait une œuvre poétique, en les haussant, par-dessus la politique et l'actuel, au rang des grands événements qui touchent

à l'humanité tout entière. Dès lors sa vie intérieure se
précise ; elle bat d'un rythme régulier dans la certitude. Par son mariage, il avait acquis une tranquillité
personnelle, qui équilibrait son indompté besoin
d'agitation. Il possède enfin des assises solides. Les
farouches extases peuvent nettement s'objectiver, son
regard peut suivre le tourbillon enflammé des nouvelles apparences. Les tableaux morbides, les hallu-
cinations fiévreuses se changent maintenant en claires
visions. Désormais, pour le poète, les horizons de
notre époque s'éclairent non plus à la lueur subite de
la foudre, mais au rayonnement d'une puissante
lumière perpétuelle.

En entrant dans la vie, Verhaeren se pose un premier problème : il lui faut s'expliquer avec le monde
qui l'entoure, avec l'individu, avec la cité. Ce qui l'intéresse, ce n'est pas la ville au sens de patrie, mais la
ville conforme à l'idéal moderne, la ville gigantesque,
étrange et monstrueuse qui, comme un vampire, a tiré
à soi toutes les forces du sol pour élaborer et concentrer en elle une force nouvelle. Elle met en contact
immédiat les éléments vitaux les plus contraires ; elle
alterne brusquement les couches sociales, accumulant
d'incroyables richesses sur la plus pitoyable misère ;
elle fortifie les oppositions et les dresse en catégories
hostiles ; elle les contraint à ce combat où Verhaeren
aime à voir se précipiter toutes choses. La grandeur
de ce nouvel organisme dépasse la mesure des esthétiques anciennes. Des hommes nouveaux surgissent en
face de la nature comme des étrangers, avec un autre
rythme, une respiration plus saccadée, des mouvements plus vifs, des désirs plus impétueux qu'avec ce
nouvel ordre de choses n'en avaient connu toutes les

sociétés humaines, tous les métiers et toutes les castes. C'est un nouveau panorama qui se développe. Le regard, auquel ne suffisent plus les perceptions horizontales dans le lointain, veut mesurer les hauteurs, s'adapter à l'élévation des maisons, compter avec de nouvelles vitesses et de nouvelles étendues. L'argent ainsi qu'un sang nouveau nourrit ces villes, une énergie nouvelle les brûle : il faut que d'elles sortent une foi nouvelle, un Dieu nouveau et un art neuf. Leurs dimensions sont infinies ; elles effraient comme une beauté jusqu'ici inconnue. L'ordre qui les régit semble se dérober sous la terre, se cacher derrière une confusion à travers laquelle il n'est pas de chemin.

> *Quel océan, ses cœurs !...*
> *Quels nœuds de volontés serrés en son mystère[1] !*

s'écrie le poète étonné de s'avancer à travers la plénitude de ces villes sans en pouvoir comprendre la grandeur.

> *Toujours, en son triomphe ou ses défaites,*
> *Elle apparaît géante, et son cri sonne et son nom luit[2].*

Il sent qu'une formidable énergie se dégage de ces cités. Il éprouve la pression toute nouvelle de leur atmosphère sur son corps. Son sang circule plus activement selon leur rythme. Leur seule approche apporte une volupté nouvelle.

---

1. « L'âme de la ville », *Les Villes tentaculaires*.
2. *Ibid.*

En ces villes...
. . . .
Je sens grandir et s'exalter en moi,
Et fermenter, soudain, mon cœur multiplié[1].

Malgré lui il se sent vis-à-vis d'elles dans une étroite dépendance. Ce magnifique accouplement d'énergies suscite en lui une pareille concentration de toutes les forces de son être. Elles lui communiquent leur fièvre. Avec une intensité que nul autre poète contemporain n'aura connue, il identifie à l'âme de la ville sa personnalité. Pourtant il en connaît les dangers ; il sait que par elles lui viendra l'inquiétude, qu'elles le surchaufferont, qu'elles l'exciteront et que, par leurs contrastes, elles le jetteront dans la confusion.

Voici la ville en or des rouges alchimies,
Où te fondre le cœur en un creuset nouveau
Et l'affoler d'un orage d'antinomies
Si fort qu'il foudroiera tes nerfs jusqu'au cerveau[2].

Mais il sait que l'influence de la ville sur lui sera féconde, qu'il en retirera plus de force et plus de puissance. Atteindre quelque grandeur est impossible à celui qui passera sans s'arrêter devant elles, qui n'en éprouvera nulle sensation, qui se refusera à vivre, à croître à leurs côtés. Dès maintenant les hommes nouveaux et les hommes forts devront se tenir en perpétuel échange avec elles.

---

1. « La foule », *Les Visages de la vie*.
2. « Les villes », *Les Flambeaux noirs*.

Cette grande idée – nous l'avons vu – n'est pas spontanée : c'est là une connaissance acquise. À la mesure de l'ancienne beauté, le tableau d'une ville moderne est horrible. Elle ne connaît point le sommeil, durant son état de veille continue, et ne se repose point, comme la nature, dans le silence et dans l'obscurité. Sans répit, elle entraîne les hommes dans son tourbillon ; sans relâche, elle excite leurs nerfs, et son existence se poursuit jour et nuit. Le jour, elle a la teinte grise du plomb. C'est comme une mine obscure dont ses rues seraient les galeries, où des hommes enterrés travaillent sans repos, sans entrain et se livrent à un épuisant transport de passions. Il semble qu'elles aient été bâties pareilles à d'immenses forêts vierges de pierre et d'airain, et, parmi les rues – ces rues « à poumons lourds et haletants[1] » –, aucune ne semble mener à l'air libre, au plein jour. Ces millions de fenêtres sont d'un aspect monotone. Et les antres obscurs où des hommes – semblables eux-mêmes à des automates – sont assis devant les machines, grondent sur l'insaisissable cadence d'un continuel effort. Nul reflet d'éternité ne descend sur elle, et durant tout le jour, dans son nuage de fumée, la ville halète, hostile, laide et grise. Pendant la nuit, au contraire, la rudesse des contours s'atténue ; grâce à elle tous les éléments épars se forgent en un tout. La ville nocturne n'est plus que séduction. La passion, enchaînée pendant le jour, brise ses entraves.

... Pourtant, lorsque les soirs
Sculptent le firmament, de leurs marteaux d'ébène,

---

1. « L'âme de la ville », *Les Villes tentaculaires*.

> *La ville au loin s'étale et domine la plaine*
> *Comme un nocturne et colossal espoir ;*
> *Elle surgit : désir, splendeur, hantise ;*
> *Sa clarté se projette en lueurs jusqu'aux cieux,*
> *Son gaz myriadaire en buissons d'or s'attise,*
> *Ses rails sont des chemins audacieux*
> *Vers le bonheur fallacieux*
> *Que la fortune et la force accompagnent ;*
> *Ses murs se dessinent pareils à une armée*
> *Et ce qui vient d'elle encor de brume et de fumée*
> *Arrive en appels clairs vers les campagnes*[1].

C'est en visions grandioses que Verhaeren traduit ces éruptions flamboyantes. Ici, c'est la vision
des music-halls. Des cercles de feu entourent une
maison, des lettres criardes grimpent à l'assaut des
façades, attirent la foule jusque devant la rampe illuminée. Le peuple se trouve ici rassasié des sensations
qu'il aime. Chaque jour, l'art est assassiné dans ces
mauvais lieux : pendant quelques heures l'ennui y est
enchaîné, fouetté par la couleur, la flamme et la
musique, aiguillé vers une autre volupté, qui attend
au-dehors que l'illusion d'ici se soit évanouie dans la
nuit :

> *Et minuit sonne et la foule s'écoule*
> *– Le hall fermé – parmi les trottoirs noirs ;*
> *Et sous les lanternes qui pendent,*
> *Rouges, dans la brume, ainsi que des viandes,*
> *Ce sont les filles qui attendent*[2]...

---

1. « La ville », *Les Campagnes hallucinées*.
2. « Les spectacles », *Les Villes tentaculaires*.

les filles, « les promeneuses », « les veuves d'elles-
mêmes[1] » qui vivent de l'appétit sensuel de la foule.
Car ici, comme tous les autres instincts, la volupté est
organisée, canalisée. Mais l'instinct primordial n'a pas
changé. Au-dehors, dans les champs et dans les villages, la faim cause la joie saine des repas où la bière
mousseuse déborde. Ici, la faim n'est plus que le désir
de l'argent. Tout ici a faim d'argent : c'est vers l'argent
que s'oriente toute l'activité de la ville. « Boire et
manger de l'or[2] » est le rêve le plus ardent de la foule.
« Tout se définit par des monnaies[3] » ; toutes les
valeurs sont en raison d'une valeur nouvelle : la valeur
monétaire. N'est-elle pas admirable, la vision du bazar
où, à tous les rayons, à tous les étages, se vendent,
non point seulement comme dans la réalité les objets
d'utilité courante, mais encore, selon une symbolique
supérieure, toutes les valeurs morales, convictions,
opinions, gloire, nom, honneur, pouvoir et toutes les
lois mêmes de la vie ? Tout ce sang brûlant, tout cet
argent afflue à la Bourse, cœur affamé de la ville, qui
absorbe tout cet or, qui rythme cette fièvre et la
répand dans toutes les artères de la cité. Tout s'achète,
voire la volupté. Dans un coin écarté, à « l'étal »,
dans les rues où guette la débauche, les femmes se
vendent comme une marchandise. Mais cette puissance de l'argent n'est pas toujours régularisée ni
endiguée. Comme dans la nature, il est ici des orages
et de soudaines catastrophes. Parfois ce torrent
d'argent se fraie de nouveaux chemins. La révolte

---

1. « Les promeneuses », *ibid.*
2. « La Bourse », *ibid.*
3. « Le bazar », *ibid.*

jaillit comme une flamme. Les antres obscurs dégorgent leurs foules ; l'envie gagne les hommes, et le démon aux mille têtes combat et verse son sang pour la possession de ce bien unique : l'or qui brûle et qui rayonne.

Mais la grandeur et la puissance des villes ne résident pas dans la passion. Elles sont dans la force mystérieuse que ces passions nous dérobent. Il est un ordre élevé qui les répartit et qui les domine. Dans ce chaos profond, au milieu de ce flot de choses périssables, se dressent trois ou quatre figures qui sont comme des statues au sein des « villes tentaculaires », comme les dompteurs des passions. Autrefois, les rois et les prêtres savaient contenir l'énergie bouillonnante et refréner, d'une main de fer, le peuple ainsi qu'un animal dangereux. De nouveaux souverains remplissent aujourd'hui ce rôle : ce sont les hommes d'État, les généraux, les démagogues, les organisateurs. Dans ses mouvements et dans ses instincts, la ville est animale, de même qu'elle est bestiale dans ses passions. Elle a la laideur de toute fureur amoureuse. On ne peut prendre à la contempler un plaisir pur, comme devant un paysage régulier qui s'estompe doucement dans la verdure des forêts. On n'éprouve d'abord qu'horreur, haine, méfiance et hostilité. *Mais c'est la grandeur de Verhaeren que, par une vue large, il parvienne à découvrir, au-delà de l'hostilité, de la douleur et des tourments, jaillissante parmi les vapeurs angoissantes de l'inesthétique, la flamme d'une beauté nouvelle.* Pour la première fois se trouve ici dégagée la beauté des fabriques, des « usines rectangulaires », la fascination des gares, et toutes les beautés inconnues des choses neuves. Si, dans sa débauche, elle est laide, si elle paraît telle au regard de tout idéal classique, si son image est faite de cruauté et de terreur, la ville n'est cependant pas inféconde. « Le siècle et son horreur se condensent en elles, mais leur âme contient la minute éternelle[1]. » Et c'est ce sentiment qu'elle participe à l'éternité qui fait son importance et sa magnificence ; c'est parce que, au-dessus de tout le passé, elle est la nouveauté, la nouveauté vis-à-vis de laquelle l'accord est inéluctable. Certes, sa forme est affreuse, sa couleur grise est sombre ; mais l'idée qui domine son organisation est grandiose et admirable. Et – ici comme toujours – l'admiration qui trouve un point d'appui peut donner au monde entier un élan qui le porte de la négation à l'affirmation.

Mais en Verhaeren l'artiste n'est déjà plus prépondérant ; il s'intéresse trop à tous les problèmes de la vie pour n'envisager que d'un point de vue d'esthéticien la conception de la ville moderne. Ce que, pour lui, elle symbolise avant toute chose, c'est l'expression du sentiment contemporain. Dans sa trilogie, il ne se restreint pas à résoudre poétiquement le problème d'une nouvelle classification sociale. Il y étudie une des plus brûlantes et toujours pendantes questions de l'économie et de la politique nationales, le combat de deux forces de sens contraires, de l'agriculture et de l'industrie. La ville et la campagne acquièrent réciproquement leur bien-être, l'une aux dépens de la détresse de l'autre. La production et le commerce

---

1. « Les villes », *Les Forces tumultueuses*.

sont, dans la mesure où ils se conditionnent, hostiles
l'un à l'autre au terme de leur processus. Comment,
de nos jours, en Europe, la bataille entre la ville et la
campagne a donné la victoire à la ville, comment peu
à peu celle-ci absorbe les meilleures forces de la province, et comment se pose le problème des « déra-
cinés », tout cela, Verhaeren a été le premier qui l'ait
décrit poétiquement dans cette vision colossale que
sont *Les Villes tentaculaires*. Subitement des villes ont
surgi ; des milliers d'hommes s'y sont agglomérés.
D'où venaient-ils ? De quelles sources ces masses formidables ont-elles soudain afflué dans ces immenses
réservoirs ? La réponse est immédiate. Le cœur de la
ville est nourri du sang des campagnes. Les champs
s'appauvrissent. Fascinés, les paysans cheminent vers
la ville de l'or, vers la ville qui flamboie dans le soir,
qui recèle la richesse et le pouvoir. Ils s'y rendent,
ayant chargé leurs dernières nippes sur leurs char-
rettes, afin de les vendre ; ils partent avec leur fille
pour l'exposer aux désirs sensuels, avec leur fils pour
l'envoyer à la mort dans les usines ; ils partent pour
tremper, eux aussi, leurs mains dans ce fleuve frémis-
sant qui roule de l'or. La terre est abandonnée. Seules,
les silhouettes fantastiques des malheureux idiots
chancellent sur les routes désertes. Les moulins
désemparés tournent à vide dans le vent. Les fièvres
montent des marais, où l'eau, désormais stagnante
avec ses canaux obstrués, répand la maladie et la
pestilence. Des mendiants se traînent de porte en
porte, reflétant dans leurs yeux la misère et l'abandon
du pays. Autour des derniers propriétaires, encore
hésitants, se pressent les ennemis : les « donneurs de

mauvais conseils ». C'est l'agent d'émigration qui les incite à partir vers les contrées de l'or. Ainsi dissipent-ils leur patrimoine et s'en vont-ils vers de lointaines espérances,

Avec leur chat, avec leur chien,
Avec, pour vivre, quel moyen ?
S'en vont, le soir, par la grand'route[1].

S'il en est que l'émigration n'arrive pas à séduire, c'est l'usure qui les chasse de leurs propres foyers. Un réseau de chemins de fer vient soudain trancher en deux le plus calme village. Depuis longtemps les kermesses y ont cessé leurs danses. La lutte est inégale. La campagne, comme si l'on avait sucé son sang, est dépeuplée et partout vaincue : « La plaine est morte et ne se défend plus[2]. » Tout se rue vers « Oppidomagne ». C'est ainsi que Verhaeren, dans son drame symbolique *Les Aubes*, qui contient avec *Les Campagnes hallucinées* et *Les Villes tentaculaires* la trilogie de la transformation sociale, c'est ainsi, dis-je, qu'il nomme la ville géante qui, avec ses bras de pieuvre, aspire en elle sans discernement toutes les forces de l'univers qui l'environne. Vers elle, les forces affluent de tous les côtés. Tous les chemins se rythment vers elle. Ce n'est pas la seule énergie des hommes qu'elle attire, toute la mer semble aussi se précipiter en ses ports. « Toute la mer va vers la ville[3]. » Tous les flots semblent

---

1. « Le départ », *Les Campagnes hallucinées*.
2. « La plaine », *Les Villes tentaculaires*.
3. « Le port », *ibid*.

uniquement faits pour y amener, comme une forêt en marche, les navires. Elle absorbe toutes choses, les transforme dans « la noire immensité des usines rectangulaires[1] » et, avec ce qu'elle a dévoré, semble vomir de l'or.

Ce monstrueux combat social entre les campagnes et la ville a une plus haute signification. Il n'est que le symbole momentané d'un conflit éternel. La campagne représente essentiellement le conservatisme. Les modalités de travail y sont comme pétrifiées dans le calme de la régularité. La vie sans précipitation n'y connaît d'autres règles que le changement des saisons. Comme les formes, toutes les impressions y sont pures et simples. Les hommes y sont plus directement soumis aux fatalités naturelles : la foudre, la grêle peuvent anéantir leur travail. Aussi craignent-ils Dieu et n'osent-ils douter de son existence. La ville, au contraire, symbolise le progrès. À travers le fracas des rues on n'entend plus la voix des madones. Un ordre préventif met la vie de l'individu à l'abri des coups du sort. On y connaît la fièvre de la nouveauté qui suscite le désir et le besoin de conditions vitales nouvelles, de rapports neufs et d'un dieu nouveau.

L'esprit des campagnes était l'esprit de Dieu ;
Il eut la peur de la recherche et des révoltes,
Il chut ; et le voici qui meurt, sous les essieux
Et sous les chars en feu des récoltes[2].

---

1. « La plaine », *ibid.*
2. « Vers le futur », *Les Villes tentaculaires.*

Si la campagne était le passé, la ville est l'avenir. La campagne veut conserver son caractère, sa beauté, son Dieu. La ville au contraire est obligée de tout créer : beauté, croyance, divinité.

Le rêve ancien est mort et le nouveau se forge.
Il est fumant dans la pensée et la sueur
Des bras fiers de travail, des fronts fiers de lueurs,
Et la ville l'entend monter du fond des gorges
De ceux qui le portent en eux
Et le veulent crier et sangloter aux cieux[1].

Mais nous, pense Verhaeren, nous ne devons pas faire partie de ce vieux monde qui meurt : nous vivons dans les villes et notre pensée doit communier avec elles. Nous devons vivre selon le temps nouveau, faire comme lui œuvre de création et constituer un nouveau langage pour l'expression de son désir encore informulé. Le retour à la nature ne nous est plus possible. Une telle évolution n'est plus compréhensible. Si nous avons perdu d'importantes valeurs, les nouvelles sont là qui doivent les remplacer. Si notre sentiment religieux s'est affaibli, si morte est notre foi dans le dieu ancien, forgeons-nous un idéal nouveau. Ces fins inconnues des anciens, il nous les faut découvrir, trouver une beauté neuve dans les formes de la ville, un rythme dans son bruit, un ordre dans sa confusion. Il faut trouver la fin vers laquelle tend son énergie et constituer un langage avec son bégaiement. Certes les villes ont causé des ruines sans nombre ; mais peut-être créeront-elles plus encore qu'elles

---

1. « L'âme de la ville », *ibid.*

n'ont détruit. Elles sont comme des creusets où se fondent les métiers, les races, les religions, les nations et les idiomes :

> *... les Babels enfin réalisées*
> *Et les peuples fondus et la cité commune*
> *Et les langues se dissolvant en une*[1].

La nouveauté règne : ne nous demandons pas si c'est bien, nous lui devons notre confiance. Les convulsions fébriles des grandes villes, cette agitation, ces tourments et ces cris, tout cela ne se produit pas sans objet. Douleurs et convulsions sont le signe qu'un ordre nouveau est enfanté. Être le premier à avoir transformé en sentiment de volupté cette douleur de la foule, après avoir pressenti avec joie toute cette effervescence, après avoir conçu une espérance au milieu de cette inquiétude, voilà ce qui peut vraiment s'appeler être un novateur, un de ces hommes dont la destinée est de donner une poétique réponse à ces questions nouvelles que pose notre temps.

---

1. « Le port », *ibid.*

CHAPITRE III

La foule

*Mets en accord ta vie avec les destinées
Que la foule, sans le savoir,
Promulgue, en cette nuit d'angoisse illuminée.*

« La foule »

L'événement considérable que fut la constitution
des villes modernes n'a été, en dernière analyse, possible qu'en raison de l'organisation de l'énorme masse
populaire et de la répartition de ses forces. Organiser,
c'est assembler des éléments économiques disparates,
pour en former un organisme, à l'image d'un être
vivant et animé, où rien n'est superflu, où tout est
nécessaire, c'est unifier la matière en lui donnant la
pensée en même temps qu'une chair et qu'un squelette, sans lesquels il n'y aurait pour elle ni force, ni
possibilité d'être. La ville a, si l'on peut dire, fondu
les forces dispersées dans les campagnes ; elle en a
créé une matière nouvelle dont elle a fait la foule.
Toutes les anciennes forces de l'activité individuelle,
elle les a transformées en énergie mécanique, où

l'homme n'est plus qu'une sorte de manivelle, une roue en mouvement. Chaque individualité s'est trouvée partout ligaturée : une nouvelle individualité s'est fabriquée, *celle de la masse*. Dès lors, la foule apparaît comme un fait nouveau. Durant des siècles, ce ne fut qu'un symbole et qu'un concept. La logique nous amenait à concevoir la somme de la population dans des pays entiers. Jamais on n'avait pu avoir le sentiment de la compréhension d'une unité immédiate. Certes, le passé a connu les armées nombreuses, les hordes guerrières et les tribus nomades, mais ce n'étaient que de fugitives concentrations, sans stabilité ni constance, incapables de se créer une personnalité, de dégager une valeur esthétique et morale. D'ailleurs ces armées que la légende, au cours des siècles, nous a représentées comme des masses considérables, celles de Tamerlan, des Perses, les légions romaines, combien semblent-elles piètres comparées aux agglomérations humaines de New York, de Londres ou de Paris. Notre temps seul a connu cet Oppidomagne où la foule semble s'être soudée pour l'éternité, tenue qu'elle est par des rivets de fer, jointe comme les rayons d'une roue formidable. Maintenant seulement, cette masse se comporte comme un être vivant, maintenant elle croît et multiplie comme une forêt. Dans l'ordre spirituel, la *démocratie* l'a transformée encore : à ce corps elle a ajouté un cerveau, en obligeant la foule à ne se reposer que sur elle-même et à ne se soumettre qu'à elle-même. Jadis, la seule réalité dans un pays en était le souverain ; la foule, lointaine, invisible et éparpillée, ne représentait qu'une idéale abstraction. Aujourd'hui, dans les grandes villes, le peuple est une nouvelle hydre : c'est lui qui possède la vie et l'existence réelles, et, s'il se donne un souverain, celui-ci ne sera rien que la représentation populaire, qu'un symbole passager de son éternelle organisation.

Ceci est une création du dix-neuvième siècle, une valeur nouvelle dans notre état vital, avec quoi il faut compter, et qui, dans notre développement, n'a pas moins d'importance que toutes celles du passé. Walt Whitman, auquel il faut toujours revenir quand il s'agit de Verhaeren, bien que celui-ci – disons-le expressément – ait accompli une évolution pareille mais tout à fait indépendante, Walt Whitman a dit : « La science moderne et la démocratie semblaient mettre la poésie au défi de leur faire place dans ses énonciations, en opposition aux poèmes et aux mythes du passé[1]. »

Donc, tout poète moderne devra compter avec la masse démocratique. Il en devra considérer la synthèse, comme il ferait d'un être vivant, d'un homme ou d'un dieu. Dans son drame utopique, *Les Aubes*, Verhaeren a placé la foule au nombre des personnages, et, pour expliquer le sens de sa vision intérieure, il a ajouté cette remarque d'ordre technique : « Les groupes agissent comme un seul personnage à faces multiples et antinomiques. » Car pareille aux images des dieux hindous, elle a cent bras, mais elle n'a qu'un cri, qu'une volonté, qu'une énergie, qu'un cœur : « le cœur myriadaire et rouge de la foule[2] ». Cent années de communauté dans la peine et dans l'espérance ont fondu les éléments divers en une

---

1. *Un coup d'œil en arrière sur la route parcourue*, trad. Léon Bazalgette (Société Nouvelle, avril 1909).
2. « La conquête », *La Multiple Splendeur*.

unité, et lui ont créé une sensibilité nouvelle. Sans
sommeil, inquiète comme un dangereux fauve, elle
vit dans les cités géantes. Elle connaît toutes les passions de l'individu, la vanité, la faim et la colère ; tous
les vices et tous les crimes sont en elle comme en lui.
Mais chez elle tout atteint à une grandeur inconnue.
Tout dans ses passions franchit la mesure ordinaire :
on ne les saurait prévoir, et, par là, elles acquièrent
un sens nouveau et en quelque sorte divin. Les
anciens dieux étaient formés à l'image de l'homme,
qu'ils représentaient au centuple de sa force et de son
intelligence. La foule, aujourd'hui, est la synthèse des
énergies individuelles ; elle est la prolifique réunion
de toutes les passions.

L'individu naît avec la foule ; sans elle, il disparaît.
Chacun de nous, consciemment ou non, dépend de
son pouvoir. L'homme moderne ne saurait se sous-
traire à l'influence des autres hommes. Ce n'est plus
l'homme des champs, berger ou chasseur, qui ne
dépendait que de la colère du ciel, des caprices de la
terre, des orages et de la grêle, du hasard enfin, qu'il
revêt de l'image auguste de son Dieu. Les sentiments
de l'homme moderne sont déterminés par le milieu
auquel il appartient. Le monde l'entraîne dans sa
marche et lui impose ses propres instincts. Nous sentons tous socialement, et pas un instant notre imagination ne peut supprimer ceux qui nous précèdent et
ceux qui nous environnent, et qui sont comme l'air
que nous respirons. Nous pouvons fuir leur présence ;
mais ce qui a pénétré d'eux-mêmes en nous est inéluctable. Comme une force de la nature, la foule nous
domine et nous nourrit de ses sentiments. L'homme
non social est une fiction pure. Dans une grande ville,

fût-on retiré au plus profond d'une chambre, on ne peut échapper au bruit et au rythme de la rue. Ainsi est-il impossible de tenir sa pensée isolée, et son âme à l'écart des grandes excitations intellectuelles de la foule. Verhaeren lui-même l'avait essayé, au temps où il écrivait ces vers :

Mon rêve, enfermons-nous dans ces choses lointaines
Comme en de tragiques tombeaux[1]

Mais la vie réelle l'a ressaisi ; car la société anéantit qui se détourne d'elle comme qui vivrait loin de l'air pur. Le poète, lui aussi, doit malgré lui penser à la foule et d'accord avec elle. Certes la démocratie a exercé sur tout son action niveleuse, elle a limité les individualités et assigné au poète un rang dans la classe bourgeoise ; certes elle a atténué les contrastes de la destinée. Mais elle a porté à sa pleine maturité une puissance nouvelle en sa multiplicité même. En elle le poète peut trouver une explication directe aux phénomènes qui forçaient les anciens à inventer des dieux : c'est-à-dire à toutes ces forces incalculables et mystérieuses qui agissent sur les hommes. La ville, la foule puise son énergie dans son infinie plénitude et multiplie sa propre puissance. Tout ce que l'individu a perdu se retrouve en elle : l'enthousiasme sublime, l'enthousiasme extatique. Elle est l'intarissable source de l'inattendu et de l'incalculable. C'est une nouveauté, et chacun ignore le terme de sa grandeur. Avoir reconnu là, au lieu d'une diminution, un enrichissement de l'instinct poétique, tel fut un des

---

1. « Sous les prétoriens », *Les Bords de la route*.

principaux mérites de Verhaeren. Tandis que la plupart des poètes d'aujourd'hui en restent encore à la
fiction du solitaire, de l'isolé, tandis que dans leur
horreur ils fuient la foule comme la peste, qu'ils se
confinent dans une solitude artificielle et qu'ils n'ont
que du mépris pour la locomotive et le télégraphe,
pour les banques et les usines, Verhaeren boit avidement à cette fontaine d'où ruisselle une énergie
nouvelle.

> *Comme une vague en des fleuves perdue,*
> *Comme une aile effacée au fond de l'étendue,*
> *Engouffre-toi,*
> *Mon cœur, en ces foules battant les capitales !*
> *[...] réunis tous ces courants*
> *Et prends*
> *Si large part à ces brusques métamorphoses*
> *D'hommes et de choses,*
> *Que tu sentes l'obscure et formidable loi*
> *Qui les domine et les opprime*
> *Soudainement, à coups d'éclairs, s'inscrire en toi*[1].

C'est que, en effet, la foule est, de nos jours, *la
grande transformatrice de valeurs*. Elle transforme les
hommes, qui, pour se réunir en son sein, se précipitent vers elle des quatre points cardinaux. Nul de
nous n'échappe à cette force qui veut tout niveler.
Dans le formidable réservoir qu'est la Ville, les races
les plus éloignées se mélangent. Elles s'adaptent les
unes aux autres, et voici qu'éclot tout à coup un
produit nouveau, différent : une race neuve, celle de

---

1. « La foule », *Les Visages de la vie*.

l'homme contemporain, qui s'est réconcilié avec l'atmosphère de la grande ville. Cet homme sent douloureusement peser sur lui les lourdes murailles, il souffre de l'éloignement de la nature ; mais il trouve dans l'omniprésence humaine à se créer une énergie, une divinité nouvelles. Le plus grand mérite que possède la masse, c'est de pouvoir accélérer les transvaluations. Tout l'élément individuel disparaît au profit de la communauté qui se constitue ainsi en tant que personnalité. Les anciennes communautés se disloquent pour en voir jaillir de nouvelles. L'Amérique en est le premier exemple. Là, en cent ans, faite des forces de mille peuples divers, s'est développée une fraternité, grandiose et une ; un type s'est créé : le type américain. Déjà dans nos capitales, à Paris, à Berlin, à Londres, grandissent des générations d'hommes qui ne sont plus des Français ni des Allemands, mais avant tout des Parisiens et des Berlinois. Ils ont un accent à eux, des façons de penser particulières : pour eux, la grande ville est devenue une patrie. Si l'un d'eux est poète, son poème sera social ; est-il penseur, son intelligence et son instinct se confondront avec ceux de la masse. Avoir tenté, pour la première fois, l'analyse poétique de la psychologie de cette foule est une des grandes audaces dont nous devons être reconnaissants à Verhaeren.

Mais tous ces hommes agglomérés en une seule foule, ces millions d'habitants constituent des villes qui ne demeurent pas isolées les unes des autres. Un lien les réunit : la facilité des communications. La distance matérielle est abolie ; les séparations en nationalités tendent à disparaître. Maintenant qu'est résolu ce premier problème, des agglomérats isolés se transformant lentement en organismes, à côté des races particulières s'élabore une synthèse bien plus considérable, celle de *la race européenne*. Sur notre continent, les hommes ne sont plus si éloignés les uns des autres, si étrangers que jadis. D'un bout de l'Europe à l'autre, le socialisme enserre les masses du réseau de son organisation. À Paris, à Londres, à Saint-Pétersbourg, à Vienne, à Rome, un même désir embrase aujourd'hui tous les cœurs, un même but se propose à leurs efforts : l'argent.

> *Races des vieux pays, forces désaccordées,*
> *Vous nouez vos destins épars, depuis le temps*
> *Que l'or met sous vos fronts le même espoir battant*[1].

Par-delà les frontières, sur de larges fondations, une race unique se constitue, une communauté nouvelle s'établit : race et communauté européennes. Le désir et la réalité arrivent maintenant à se joindre. Verhaeren voit l'Europe unie par les liens d'une solide et collective énergie. Pour lui, l'Europe est le seul pays qui ait enfin pris conscience de lui-même. Dans un lointain de rêve les autres continents continuent de mener une vie végétative ; l'Afrique et l'Inde sommeillent encore dans les ténèbres des temps primitifs. Mais l'Europe est la « forge où se frappe l'idée[2] », où toutes les diversités, toutes les observations individuelles, tous les résultats acquis semblent recréer une nouvelle intelligence et éveiller la conscience européenne. Intérieurement le progrès n'est pas encore

---

1. « La conquête », *La Multiple Splendeur*.
2. « La conquête », *ibid.*

accompli : les peuples sont toujours ennemis, ils igno-
rent qu'ils soient en communauté. Mais déjà « le
monde entier est repensé par leurs cervelles[1] ». Déjà
ils travaillent à la transvaluation dans le sens européen
de toute connaissance sensible. Bientôt l'Européen,
riche du passé, fort du sentiment de la foule, puisant
au sein des masses populaires une énergie nouvelle,
viendra réclamer une éthique, une esthétique en
accord avec cette nouveauté. Ici le chant magnifique
de l'Utopie s'élève de l'œuvre de Verhaeren. Dans
Les Aubes, épilogue des *Villes tentaculaires*, s'élance
au-dessus des spectacles de la réalité cet éclatant arc-
en-ciel, qui monte jusqu'au nouvel idéal. C'est justement parce que cet état n'est pas encore atteint que
le vieux continent brûle d'une terrible fièvre et qu'il
s'agite en lentes convulsions. Aussi traversons-nous
ces troublantes crises, morales et psychiques, qui parfois, dans les pays les plus éloignés, se manifestent
spontanément avec les mêmes phénomènes. Là est la
cause de toutes les inquiétudes et de toutes les luttes
qui bouleversent les esprits de notre temps.

Cet appel à l'Européen, c'est Verhaeren qui le premier l'a clamé dans ses poèmes, presque dans le même
temps que Walt Whitman s'adressait à l'Américain,
et que Friedrich Nietzsche découvrait le surhomme.
Dresser le *Paneuropéen* en face du Panaméricain et
résoudre cette antithèse serait plein de séduction et
d'intérêt. Mais il suffit de dire que Verhaeren a été le
premier à éprouver le sentiment européen, comme
Walt Whitman le sentiment américain, pour situer le

---

1. « La conquête », *Les Forces tumultueuses*.

poète au rang des hommes les plus considérables de notre temps. Parmi les poètes, il est peut-être le seul dont la sensibilité ait été vraiment conforme à la sensibilité contemporaine. Cela exprime tout son mérite. Il s'est passionné de tout son être pour les problèmes qui passionnent la masse : il a compris l'énergie des nouvelles formations sociales, l'esthétique de cette organisation, la grandeur de la production mécanique, en un mot, *la poésie des choses matérielles*. Dans ses vers, c'est tout notre temps qui parle ; et les temps nouveaux s'expriment dans une langue neuve. Ce n'est pas une fantaisie littéraire que ce rythme qu'il a trouvé le premier : il bat à l'unisson avec le cœur de la foule, il est l'écho du halètement de nos villes géantes, du bruit des locomotives, des cris populaires. Sa voix a une ampleur inconnue, car ce n'est plus la voix d'un homme, mais celle qui réunit les clameurs multiples de la foule. À mesure qu'il pénètre plus profondément le sentiment des masses, il en peut dans ses vers formuler plus fortement l'expression orageuse. La sourde nuance, le cri bestial, la fureur indomptée, toute la tempête qui s'élève de la foule s'est changée ici en toute plastique et en toute harmonie. Avec elle, le poète atteint l'identité suprême et l'on peut, fièrement, lui appliquer son propre chant : « Il est la foule ! »

CHAPITRE IV

Le rythme de la vie

Dites, les rythmes sourds dans l'univers entier !
En définir la marche et la passante image
En un soudain langage ;
Prendre et capter cet infini en un cerveau,
Pour lui donner ainsi sa plus haute existence.

« Le verbe »

La surexcitation est le rythme même de la vie moderne. La ville et la foule qui y circule ne connaissent jamais de parfait repos. Jusque dans leur silence trépide encore l'inquiétude secrète d'une passion contenue : c'est une attente, une tension nerveuse, une fièvre lente. L'énergie fait partie intégrante des foules et des grandes villes, au point que jamais ne s'arrête leur activité. Le sentiment du repos leur est contraire ; il annihilerait, anéantirait au plus intime d'elles cet élément de nouveauté. Certes, la ville et la foule ne connaissent pas tous les jours ces grandes explosions de la passion, qui les font ressembler à des volcans, au moment desquels les rues, pareilles à de grandes artères, semblent charrier des fleuves de sang, où tous leurs muscles paraissent contractés, où les cris et les enthousiasmes jaillissent ainsi qu'une flamme. Mais il est en elles comme un ferment qui paraît n'attendre pour lever que cet instant, de même que tout homme moderne éprouve au fond de son âme comme une attente, une inquiétude devant la nouveauté, devant l'avenir que lui réserve demain la vie. Les villes et la foule de leurs habitants sont dans une incessante vibration. Si l'individu, pris en particulier, ne connaît pas d'excitation, si ses nerfs ne vibrent pas toujours d'une agitation personnelle, ils vibrent cependant comme de la résonance de la note sourde du monde. Les oscillations de la grande ville se prolongent jusque dans notre sommeil. Le rythme nouveau, celui de notre vie, n'est qu'une perpétuelle agitation.

Aussi bien le poète qui veut vraiment s'accorder au sentiment contemporain doit participer lui-même, en quelque façon, à l'excitation d'une époque continuellement en éveil, dont les sens et les nerfs sont toujours inquiets. Il faut qu'inconsciemment le battement de son cœur soit réglé sur le rythme du monde qui l'entoure. Neurasthénique sans cesse en éveil, sa sensibilité maladive doit être en proie à l'attente et à l'inquiétude. Mais, en outre, il doit être capable de spontanéité, de cette force qui fait jaillir les grandes explosions. Nous le voulons pareil à ces masses urbaines chez lesquelles un rien peut susciter une violente passion. Comme elles, il doit se laisser entraîner par l'ivresse de sa propre force. Les foules populaires sont jusqu'à un certain point des organismes semblables à notre corps : il n'y a point en elles d'excitation individuelle ; aucune partie ne saurait s'allumer ni s'enflammer seule, mais chaque excitation particulière trouve sa réponse spontanée dans une réaction de l'ensemble. Il en va de même pour le poète. Son excitation poétique ne doit pas être limitée à un seul sens : pour avoir la puissance nécessaire, il faut qu'elle secoue le corps tout entier comme un courant électrique. Son rythme doit correspondre au rythme vital de son organisme. Ses ondes doivent étroitement envelopper tout sentiment et toute pensée. À chaque excitation, à chaque sensation particulières, c'est la sensibilité concentrée de son énergie vitale qui doit répondre. Nietzsche l'expose merveilleusement dans *Ecce homo* : l'ampleur, le besoin d'un *grand* rythme donne la mesure de l'inspiration, et doit correspondre à sa force d'expansion, à sa tension. Jusqu'à un certain point, le poète moderne doit être une sorte de microcosme où se reflète le monde plus vaste de la foule dans toute sa passion, monde dans lequel, aussi, l'excitation de l'individu n'a ni objet, ni importance, monde dans lequel importe seul l'irrésistible débordement de toute la masse en fermentation.

Le rythme de la vie moderne doit passer à travers ses poèmes. Rappelons à ce propos quelle signification nous entendons donner à ce mot : rythme. En dernière analyse, le rythme d'un être c'est sa respiration. Toute créature vivante, organisée, possède une fonction respiratoire scandée par les battements de son cœur, marquant un repos entre l'instant où il donne et celui où il reçoit. Ainsi se comporte un poème – j'entends un poème digne de ce nom – bien qu'il ne soit pas un être vivant, possédant un corps animé. La diversité des mouvements du rythme est en rapport direct avec la différence des temps de pause dans la respiration. Celle-ci diffère chez l'homme dans la tranquillité, dans l'agitation, dans la joie, dans l'angoisse, dans l'extase. Toute impression correspond à un rythme. Comme chaque personnalité poétique est représentative d'une des formes de la passion, il faut que chaque poète trouve son rythme particulier qui exprime sa particularité poétique, de même que la langue prend chez lui une accentuation et une forme dialectique, si je puis dire, individuelles. Pour comprendre le rythme de Verhaeren, il faut nous souvenir de la modalité fondamentale de sa première impression poétique, que nous comparerons avec celle de ses prédécesseurs. Victor Hugo nous donne le rythme grave, ailé et large de l'orateur, dont la prédication ne s'adresse jamais à l'individu mais à la nation tout entière. Chez Baudelaire, c'est le rythme, régulier à la façon d'un hymne, du prêtre de l'Art. Verlaine a la mélodie inégale et douce comme un murmure de l'homme qui parle dans un rêve. Chez Verhaeren, le rythme est celui de l'homme qui se presse, qui court, qui s'agite et qui se passionne. Il est souvent irrégulier ; on y perçoit le halètement d'un homme poursuivi qui se précipite vers son but, le bruit des pas qui trébuchent sur le chemin ; on y sent une surabondance qui s'irrite devant l'impossibilité d'aller plus loin. Mais, chez Verhaeren, l'énergie rythmique n'est jamais intellectuelle ; elle n'est ni dans l'expression verbale ni dans la musique : elle s'affirme purement émotive et corporelle pour ainsi dire. Ce n'est pas seulement le système nerveux qui entre en vibration et en résonance, ce n'est pas le mot prononcé qui ébranle l'air, mais, de toutes les parties de l'organisme, comme si toutes les cordes nerveuses subissaient en même temps l'effort de la tempête, surgissent l'effroi et l'extase que donne la fièvre. Jamais sa poésie n'est à l'état de repos, semblable en cela à la foule. Il incarne toujours le rythme, en son vrai sens, c'est-à-dire *la passion mise en mouvement.* Une excitation perpétuelle s'y fait sentir. L'activité y est continue et ne s'attarde pas plus à la méditation qu'au rêve. Et véritablement tous ses poèmes sont nés d'une cinématique réelle : jamais il n'en composa un vers assis devant une table de travail. Il compose à travers champs, à la cadence des mouvements de son corps, et le rythme accéléré de sa marche se retrouve dans son poème. On peut y reconnaître la course précipitée du sang dans les artères, et cette passion infatigable qui l'arrache sans cesse à la tranquillité. On sent qu'en lui l'impression est si forte qu'il cherche à s'en débarrasser et qu'il veut fuir son propre corps. La sensation à ce degré d'importance devient douloureuse ; elle l'accable, et tout le poème n'est rien autre chose que la révolte de son corps qui se raidit pour la délivrance. Semblable à la rébellion d'une foule qui soudain se livre à toute son excitation jusqu'ici refrénée et brise les entraves qui, depuis des siècles, asservissaient ses passions, le flot passionné du verbe, après un trop long silence, jaillit de la bouche du poète. Ces cris, ces « élans captifs dans le muscle et la chair[1] » sont une véritable délivrance corporelle, quelque chose comme l'apaisement après une convulsion, comme l'allègement qui vous vient à

---

1. « Le verbe », *La Multiple Splendeur.*

pouvoir respirer quand nul poids n'écrase plus votre poitrine. L'homme en proie à la passion ne peut s'en délivrer que par des gestes impétueux, des cris, des pleurs, par n'importe quelle action qui n'est pas le repos. La délivrance du poète est toute dans les paroles et dans le rythme : « L'homme à vous prononcer respirait plus à l'aise[1] », dit-il de l'homme que l'excès de son émotion force à parler, à créer le Verbe.

C'est donc une dynamique entièrement corporelle qui crée le rythme chez Verhaeren. Les preuves de telles assertions sont malaisées, car l'état de création est le domaine inaccessible de l'inconscient. Cependant il est des instants où l'on peut avoir l'intuition de cette vérité : ce sont ceux où le poète recrée, en quelque sorte, son œuvre, où il la relit. Par une sorte de processus artificiel, par un phénomène de mémoire, le poète retrouve l'impression première ; elle pèse de nouveau sur lui qui doit alors s'en délivrer une fois encore. Ceux qui ont eu la bonne fortune de voir Verhaeren réciter ses vers savent combien le rythme de son corps est inséparable de celui de son poème. L'émotion se scande avec des mots vibrants, tandis que le geste s'y accorde. Le regard tranquille s'aiguise et semble pénétrer le papier. Le bras se dresse comme pour une conjuration. Les doigts se tendent, et en se séparant, comme d'un coup électrique, marquent la césure et martellent le vers. Dans la voix, les mots se précipitent et se changent presque en cris pour traverser l'espace. Son geste implique l'effort inouï de celui qui veut s'arracher à soi-même,

---

1. *Ibid.*

ce geste du poète, magnifique dans sa volonté de quitter la terre, de sortir de soi-même, d'abandonner la marche lourde des mots pour un vol de la passion. L'homme se confond avec la nature en une seconde de merveilleuse identité.

> *Les os, le sang, les nerfs font alliance*
> *Avec on ne sait quoi de frémissant*
> *Dans l'air et dans le vent ;*
> *On s'éprouve léger et clair dans l'espace,*
> *On est heureux à crier grâce,*
> *Les faits, les principes, les lois, on comprend tout ;*
> *Le cœur tremble d'amour et l'esprit semble fou*
> *De l'ivresse de ses idées*[1].

Chaque fois que Verhaeren lit ses vers, il se retrouve dans ce premier état créateur. C'est d'abord une délivrance de la douleur ; c'est ensuite de la volupté. Le mot bondit sans cesse, comme un animal déchaîné, en un rythme farouche. D'abord lent, ce rythme s'élève avec précaution ; il s'accélère ensuite, puis, de plus en plus sauvage, il arrive à la monotonie de l'enivrement, à une rapidité croissante où il trouve des sonorités éclatantes qui rappellent le roulement de fer d'un train rapide vertigineux. Comme une locomotive – car, avec Verhaeren, de telles images sont bien plus justes que les anciennes comparaisons avec Pégase – le poème prend un élan bruyant qu'active seulement un bruit analogue à celui que produisent les brèves explosions d'une automobile. En réalité, c'est ce rythme de locomotive, ce roulement ininterrompu, qui donne souvent

---

1. « Les heures où l'on crée », *Les Forces tumultueuses*.

aux vers de Verhaeren l'illusion de la vitesse des
cadences. Le poète raconte lui-même qu'il lui est souvent arrivé d'écrire ses poèmes en chemin de fer : il y
trouvait du plaisir, et ce rythme, bruyant et régulier,
mettait de la fièvre dans ses vers. Il a merveilleusement
décrit la volupté de la vitesse, lorsque, au passage d'un
train mugissant, elle se répand dans ses artères. La
houle du vent qui fait gémir les arbres, l'élan forcené
de la mer qui brise son écume sur le rivage, l'écho
multiplié du tonnerre dans la montagne, tous ces bruits
formidables, ce sont les rythmes de ses poèmes. Et ces
rythmes, qui s'accordent à toutes les sonorités, à toutes
les fortes excitations, sont tour à tour brusques, colé-
reux et surexcités.

> *Oh ! les rythmes fougueux de la nature entière*
> *Et les sentir et les darder à travers soi !*
> *Vivre les mouvements répandus dans les bois,*
> *Le sol, les vents, la mer et les tonnerres ;*
> *Vouloir qu'en son cerveau tressaille l'univers ;*
> *Et pour en condenser les frissons clairs*
> *En ardentes images,*
> *Aimer, aimer, surtout la foudre et les éclairs*
> *Dont les dévorateurs de l'espace et de l'air*
> *Incendient leur passage[1] !*

Mais ce qui est la trouvaille de Verhaeren, c'est
d'avoir transformé en rythme poétique, non seulement les voix de la nature, mais aussi les bruits du
nouvel ordre de choses, le tumulte des villes, le sourd
grondement des fabriques. On peut y entendre le

---

1. « L'en-avant », *Les Forces tumultueuses.*

heurt du marteau, le murmure dur et régulier des roues, le ronflement des métiers, le sifflement des locomotives. Avant lui les poètes se plaisaient à faire passer dans l'harmonie de leurs vers la monotonie des sources, dont l'eau chante en s'égrenant sur les roches, ou la voix susurrante du vent. Mais lui laisse la parole aux choses neuves : dans le nouveau poème, c'est le rythme de la ville qui déborde, ce rythme de fièvre et d'agitation, cette trépidation nerveuse de la foule, ce flot incessant d'une mer qui monte et qui frappe les anciens rivages. De là cette allure des lignes qui tantôt montent et tantôt descendent, cette sou- daineté inattendue, cet imprévu. *Les bruits nouveaux de l'industrie sont ici transformés en musique et en poésie.*

Renonçant à n'exprimer que des sentiments indi- viduels, pour n'être plus que le porte-parole de la foule, le rythme s'amplifie et s'agite davantage : ce n'est plus celui d'un seul homme. Les premiers poètes se servaient de mots encore vierges ; chacune de leurs paroles et chacun de leurs cris exprimaient le senti- ment dans sa plénitude, jusqu'à l'explosion. Ils décou- vraient eux-mêmes, en s'exaltant, la souffrance, le mal, le plaisir, le bien.

Ils confrontaient, à chaque instant,
Leur âme étonnée et profonde
Avec le monde[1].

Mais les poètes qui veulent être modernes doivent confronter leur âme avec l'âme collective. Leur plus

---

1. « Le verbe », *La Multiple Splendeur*.

vif désir doit être de trouver non seulement leur
expression personnelle, mais chercher – plus loin
qu'elle encore – à représenter poétiquement et musi-
calement une parfaite identité entre eux-mêmes et
leur temps. Car les poètes sont les dépositaires d'un
grand patrimoine.

> *C'est qu'en eux seuls survit, ample, intacte et profonde*
> *L'ardeur*
> *Dont s'enivrait, devant la terre et sa splendeur,*
> *L'homme naïf et clair aux premiers temps du monde,*
> *C'est que le rythme universel traverse encor*
> *Comme aux temps primitifs leur corps*[1].

Dès lors, ils n'ont plus qu'à se raconter eux-mêmes,
lorsqu'ils sont parvenus à adapter le battement de
leur cœur à celui de l'univers, au rythme des villes
qu'ils habitent, au rythme des foules qui depuis leur
enfance les entourent, au rythme enfin des choses
temporelles comme à celui des choses de l'éternité.

Ils doivent être le cœur du monde, cœur qui bat à
chaque coup du grand marteau et qui suit chaque
excitation, chaque accélération et chaque arrêt du
sentiment inondant tout l'organisme. C'est de leur vie
que les poètes doivent apprendre leur rythme, grâce
auquel ils reconquerront l'harmonie perdue qui jadis
existait entre le monde et l'œuvre d'art.

---

1. « Le verbe », *ibid.*

CHAPITRE V

Le pathétique moderne

Lassé des mots, lassé des livres,
Je cherche, au fond de ma fierté,
L'acte qui sauve et qui délivre.

« L'action »

Le poème primitif, bien antérieur à l'apparition de l'écriture ou de l'imprimerie, n'était que la modulation d'un cri – modulation qui s'organisait à peine en un langage, cri proféré dans le plaisir ou dans la douleur, dans la tristesse ou le désespoir, à propos d'un souvenir ou en vue d'une invocation, mais né, dans tous les cas, de la vivacité excessive de l'impression. Né de la passion, ce cri était pathétique, et pathétique encore par sa faculté de créer de la passion. Les grands et lointains ancêtres, qui dans un cri jailli du sentiment trouvèrent le germe de la parole et du discours, firent de leurs poèmes une allocution à la foule, un avertissement, un encouragement, un enthousiasme, mettant en contact, comme une décharge électrique, le sentiment avec le sentiment. Le poète parlait aux autres hommes ; on faisait cercle autour de sa personne. Ses auditeurs se tenaient devant lui attentifs, dans l'attitude que, dans son récent tableau, Max Klinger prête à la foule qui s'assemble devant l'aveugle Homère. Ils attendaient, écoutaient, se donnaient, se laissaient emporter, ou conservaient quelque résistance. La récitation d'un tel poème n'avait rien de commun avec l'exposition d'un travail terminé, un instrument ou un ornement quelconques, admirables et parfaits de ciselure. On était en présence d'un phénomène en période de croissance, en proie à un continuel devenir, une sorte de combat du poète et de l'auditeur, une véritable lutte de passions.

Ce contact direct et brûlant avec la masse, les poètes l'ont perdu depuis l'invention de l'écriture : Certes, la propagation de la parole écrite et, plus encore, sa multiplication infinie par l'imprimerie leur ont conquis l'espace ; dans des contrées à eux-mêmes inconnues, leur verbe est devenu vivant et des hommes ont pu y puiser largement la force, l'enthousiasme et le courage, bien après que leurs propres corps furent tombés en poussière. Mais cette formidable et incroyable acquisition fut au prix de la renonciation à cette autre force, dont l'importance peut-être n'est pas moindre, de pouvoir dialoguer, les yeux dans les yeux, avec la foule. Peu à peu, pour les poètes, le public devint une entité imaginaire. En parlant, ils ne faisaient plus que s'entendre eux-mêmes : leurs poèmes n'étaient plus que des entretiens solitaires ; l'allocution se change en monologue, toujours en un certain sens lyrique, mais de moins en moins pathétique. À mesure que la poésie s'éloignait de l'éloquence, elle perdait de cette flamme mystérieuse et passionnée qui ne peut jaillir que de la minute présente, du tête-à-tête avec une foule enthousiasmée, de cet afflux magnétique qui va des lèvres du poète au cœur de l'auditeur pour exciter son intérêt. Chaque auditeur, en effet, dégage par son attitude un sentiment d'attente. Son regard, son attention tendue, son avidité à écouter agissent favorablement sur l'orateur : ils l'aiguillonnent. Son impatience est comme une question encore non formulée qui provoque la réponse en y pénétrant par avance. Mais, dès que le poète ne parla plus directement à la foule et qu'il cessa d'être le centre d'un cercle, dès qu'il créa le mot uniquement pour l'écriture et pour l'imprimerie, un sentiment nouveau et très particulier se développa en lui. Il s'habitua à ne parler que pour lui-même, à n'attacher d'importance qu'à sa propre impression, sans se soucier de l'effet produit. Il ne s'entretint plus qu'avec lui-même et avec le silence. Et la poésie poursuivit son évolution. Comme nul murmure haletant ne venait plus répondre à son poème, comme ni cri de passion, ni joie d'enthousiasme ne servait plus de finale à ses vers ainsi qu'un dernier accord prolongeant sa musique, le poète essaya de compléter cette harmonie au moyen même du vers. Avec un soin d'artiste, il arrondit son poème comme les flancs d'un vase, l'enlumina de couleurs comme un tableau, et le remplit en quelque sorte de musique. De plus en plus il renonça à entraîner la conviction et l'enthousiasme. La poésie n'eut plus que froideur vis-à-vis des autres hommes, enfermée qu'elle était dans son émotion égoïste et dans la perception de son propre univers. C'est sans doute à cette époque de transition que naquit le langage dit « poétique », ce langage spécial qui, chez certains, se fige jusqu'à devenir un dialecte étranger, un bloc de marbre où ne palpite nul frisson vital. Jadis, le langage poétique ne différait pas de la langue habituelle ; il en était seulement l'expression la plus élevée. Par le rythme que lui imprimait la passion supérieure, par la flamme de l'éloquence, la poésie devenait une fièvre sacrée, une ivresse bienheureuse, une fête dans la vie de chaque jour. Expression suprême de la vie, la langue pouvait se modifier sans cesser d'être intelligible ; elle pouvait rester près du peuple et pourtant s'élever au-dessus de lui. Aujourd'hui, la poésie lyrique se tient hors de la portée de l'homme actif qui vit au milieu des réalités ; le travailleur et l'artisan ne lui reconnaissent point de valeur.

Il semble bien que, de nos jours, un retour se soit produit vers la tradition antique et que le poète ait voulu reprendre ce contact primitif, d'intimité avec ses auditeurs. Un nouveau langage pathétique paraît près de naître. Entre la poésie et la foule, le premier pont jeté fut le théâtre. Mais, là encore, le verbe parlé devait recourir à l'intermédiaire du comédien. Le pur lyrisme n'était pas la fin, mais seulement le moyen, un artifice à peine valable pour trois ou quatre heures. Le temps n'est plus où le poète se trouvait nécessairement isolé de la foule par l'immensité des distances qui séparent les nations. L'obstacle semble aujourd'hui surmonté : les distances se sont rapprochées et les villes ont réalisé d'immenses centres industriels. De nouveau les poètes lisent leurs vers en public, comme dans les Universités populaires d'Amérique. Dans les temples mêmes, les poèmes de Walt Whitman s'adressent aux consciences américaines. Bien plus, presque chaque jour, des effervescences politiques consacrent à la poésie des minutes ardentes : qu'on se rappelle Petöfi, sur les degrés de l'Université, déclamant à la foule révolutionnaire les strophes de son chant national, *Talpia Magyar*. Comme autrefois, le poète lyrique semble aujourd'hui devoir jouer le rôle de guide spirituel de ses contemporains, ou, du moins, il est celui qui cueille et qui règle leurs passions, l'orateur qui enflamme les énergies et en attise le feu sacré. Il paraît attendre que « toute la vie s'accumule en éclairs pour se répandre à travers les ténèbres »,

> *Il monte – et l'on croirait que le monde l'attend,*
> *Si large est la clameur des cœurs battant*
> *À l'unisson de ses paroles souveraines.*
> *Il est effroi, danger, affre, fureur et haine ;*
> *Il est ordre, silence, amour et volonté ;*
> *Il scelle en lui toutes les violences lyriques*[1].

Certes, le poème doit être différent qui s'adresse à la foule. Il faut qu'il soit avant tout une volonté, un but, une énergie, une évocation. Tout ce que, durant le temps de l'isolement, le poème a gagné en valeurs et en qualités techniques, douceur de la musique, nervosité du rythme, finesse et souplesse de la langue, tout cela doit cesser d'être une fin, mais uniquement s'appliquer à provoquer l'enthousiasme. Il ne s'agit plus d'un dialogue sentimental entre deux individus solitaires et inconnus l'un à l'autre, dans le décor d'un horizon quelconque, il ne s'agit plus de cette voix courte et un peu tremblante qui tombe et se dérobe avant que la flamme du verbe l'ait embrasée. Il faut que la poésie nouvelle soit forte et joyeuse, qu'elle ait

---

1. « Le tribun », *Les Forces tumultueuses*.

une âme profonde et qu'elle soit capable de s'élancer à l'assaut dans une ruée soudaine. Elle n'est pas écrite pour un faible registre : elle emploie des mots à forte résonance. La conquête de la foule nécessite la possession intime du rythme de la vie nouvelle, dans toute son agitation. Il faut trouver pour lui parler un langage neuf et pathétique. Et ce nouveau « pathos », pleinement affirmatif et vraiment nietzschéen, tend avant tout à créer de la volupté et de la puissance, de la volonté et de l'extase. Cette poésie ne sera empreinte de sensibilité, ni de mélancolie ; elle ne cherchera pas à exprimer une souffrance personnelle afin d'éveiller la pitié, ni une vague émotion afin qu'un autre puisse refléter en elle sa propre émotivité. C'est la joie et la surabondance qui doivent l'animer, et la volonté de susciter, par cette joie, l'envol de la passion. Seuls les grands sentiments portent les mots jusqu'à la foule. Les pensées mesquines ne peuvent prendre leur essor que dans le silence, comme dans un air immobile, et ne tardent pas à s'abîmer sur le sol. *Le pathétique moderne ne doit, de toute sa volonté intérieure, tendre à une simple vibration psychique, à un sentiment de bien-être strictement délicat et esthétique ; il doit tendre à l'action.* Sa puissance est d'entraîner : que de nouveau il rassemble en lui les forces brisées du poète antique, qu'il en fasse, pour une heure, à la fois un démagogue, un musicien, un comédien, un orateur ! Qu'il arrache au papier le verbe pour le lancer à travers l'espace ! Qu'il se garde de confier à l'individu le sentiment ainsi qu'un secret fragile, mais qu'il le jette dans l'écume bouillonnante de la multitude ! Grâce à ce pathétique, la poésie ne suscitera pas des hommes faibles et passifs, dont, à chaque minute, les impressions sont à la merci des modifications extérieures, mais bien des natures combatives uniquement dominées par l'idée et par le devoir, qui veulent transmettre à l'humanité leurs propres impressions et faire partager leur enthousiasme à l'univers tout entier.

De nos jours, ce nouveau « pathos » lyrique tend à renaître. Longtemps les « rhéteurs » ont été comblés de ridicule. Rappelons-nous combien Schiller fut tourné par l'Allemagne en dérision et comme il fut mis au ban de la littérature avant qu'une renaissance esthétique, ces toutes dernières années, ne vînt revivifier son souvenir. Au contraire, rappelons-nous que, dans ces derniers temps, le seul écrivain qui sût acquérir en Allemagne une influence universelle, ne l'a pu faire qu'à la faveur du nouveau style oratoire qu'il avait créé : « Je suis l'inventeur du dithyrambe », proclame fièrement Nietzsche. Son *Zarathoustra* est un livre de prédicateur qui exige du lecteur de puissantes vibrations synchrones. En France, Victor Hugo fut le premier à reconnaître la nécessité de l'éloquence. Cependant, il se place à la frontière idéalement étroite qui sépare le talent du génie. De Victor Hugo, en effet, ne pourrait-on dire qu'il est un des moindres parmi les poètes éternels, ceux qui sont comme les piliers monumentaux de l'humanité, et qu'il est en même temps le plus grand parmi les terrestres ? Il borna son inspiration à la France et sa pensée à la nation française, de même que Walt Whitman resta essentiellement américain. Il est vrai que Victor Hugo n'occupait pas une place assez élevée d'où il pût parler : il eût été plus grand s'il avait pu rester à la tribune, d'où le tonnerre et l'éclair auraient frappé la foule, tandis qu'elle n'entendit que le grognement sombre de sa voix du fond de son exil. De son œuvre, il ne subsistera peut-être que ces gestes de conjuration propres à l'orateur, qui sont ceux que Rodin a figurés sur le monument du poète et qui ne marquent rien, sinon la volonté d'émouvoir la passion. Cette volonté, Hugo en a fait preuve, s'il n'a pas réalisé le pathétique lui-même. Et cela est déjà un effort considérable qu'on ne saurait oublier.

Son héritage, mal administré par les bavards et les chauvins, par Déroulède et par les autres poètes de tambours et de fanfares, c'est aujourd'hui Verhaeren, en France, qui s'en est emparé. Il est le premier dont la parole est allée à la foule, la première réalisation française d'un pathétique dont l'action est strictement artistique et poétique. Aucun sentiment ne l'émeut d'une joie plus profonde, que celui de la résistance vaincue. Cet « évocateur prodigieux », ainsi que l'appela Bersaucourt[1], donne à sa phrase, mieux que quiconque, une forme vibrante et persuasive. Lorsqu'on lit un de ses poèmes, on se surprend, après quelques moments de silence, à prononcer les vers d'une voix de plus en plus sonore : la main, le corps tout entier s'agitent nerveusement, comme pour ébaucher un geste d'adjuration, un appel à la foule. Car le sentiment qui les inspire est si ardent, que la phrase écrite n'en altère pas la force ; il vibre encore dans les caractères inanimés qui reflètent la pensée.

---

1. Albert de Bersaucourt, *Conférence sur Émile Verhaeren.*

Pour suivre la conception de l'auteur dans tous ses grands poèmes, il faut céder à la passion qui s'en dégage. Les lire avec calme, sans ardeur, serait en détruire l'harmonie musicale, au point que la forme ne tarderait pas à en paraître sèche, tourmentée et pleine de gaucherie. Certaines images reviennent sans cesse ; nombre d'adjectifs se répètent, comme des expressions typiques – procédé naturel à l'auteur, qui résume en formules synthétiques ses pensées les plus hardies. Prononcez-vous le poème à voix haute ? le vers s'anime, les répétitions frappent l'imagination comme autant de notations où se sont cristallisées des impressions profondes ; et les images qui assiègent notre esprit semblent des bornes milliaires, échelonnées tout le long d'un sentier sauvage qui mène à l'infini.

Le lyrisme de Verhaeren, c'est une exaltation qui se propage, non pas comme une confidence d'homme à homme, mais comme un feu dévorant qui enflammerait une foule. Ses poèmes laissent une impression d'inachevé : ils semblent éclore à mesure qu'on les parcourt, tel un discours habile où s'accuse toujours l'improvisation ; on y suit l'effort continu d'une pensée qui se développe graduellement, une investigation passionnée qui aboutit à des découvertes originales. Ils sont pathétiques, et non harmoniques. Un orateur ne formule pas dès l'abord la conclusion de son discours : il la réserve pour la fin et, par des gradations prévues, la déduit logiquement des prémisses qu'il a posées. C'est ainsi que Verhaeren compose ses poèmes : c'est tout d'abord une inspiration calme, qui bientôt s'échauffe et s'épanouit dans des horizons enflammés, dans des visions larges et grandioses. Les métaphores parlent d'elles-mêmes : ce sont des éclairs rapides, et non des comparaisons laborieuses qu'on ne peut concevoir que par un effort d'imagination.

Il faut au poème pathétique des images qui non seulement révèlent les sentiments, mais qui en soient comme imprégnées. Seule, une métaphore hardie évoquera, d'un seul trait, l'impression fugitive. La poésie pathétique apparaît donc comme une nouvelle forme de la démonstration intuitive, comme un rythme original traduisant l'enchaînement logique des sentiments. Des visions ardentes éblouissent d'abord le lecteur dans les radieuses évocations du poète, puis un rythme quelque peu monotone le conduit, d'étonnement en étonnement, d'émotion en émotion, jusqu'à l'extase suprême. Le lecteur s'arrête à chaque instant, croyant toucher au sommet. Mais il lui faut s'élancer plus haut, et son esprit, au souffle de l'inspiration, découvre des horizons nouveaux. « Il faut en tes élans te dépasser sans cesse[1] », cette règle de morale devient, chez Verhaeren, une loi poétique. « Dites ! », c'est un ordre impératif ; « encore encore ! » c'est un appel pressant, qui reviennent sans cesse dans ses ouvrages. Et ces exhortations continuelles, semblables aux encouragements familiers que les cavaliers prodiguent à leurs montures au moment d'un effort décisif, ne sont que des gestes oratoires transposés. Le sourd « oh ! » nous adjure et nous enflamme ; le rapide « qu'importe ! » nous débarrasse des entraves trop lourdes ; le majestueux « immensément » semble mesurer tout l'infini

---

1. « L'impossible », *Les Forces tumultueuses.*

des sphères célestes. Une fièvre ardente déborde dans ces œuvres pathétiques. Ce n'est plus seulement ce vol audacieux qui semblait transporter jusqu'au haut des nues les créations ardentes de ses poèmes lyriques, car le poète veut entraîner à sa suite la masse du public. D'où ces répétitions si fréquentes dans ses longs poèmes et qui semblent s'adresser, dans un appel suprême, à une âme encore hésitante qu'il n'aurait pas réchauffée du feu de son enthousiasme. L'éloquence du poète donne un dernier assaut, brisant tous les obstacles qui résistaient encore à sa volonté.

C'est ici qu'apparaissent les écueils multiples auxquels se heurte le genre pathétique. Un premier danger, contre lequel Victor Hugo ne sut pas se défendre, c'est l'inconsistance du sentiment, dissimulant sa faiblesse dans l'ampleur du geste et dans l'ardeur factice d'un enthousiasme forcé. Le poète devra craindre également que sa phrase ne paraisse « plus sonore que solide[1] ». Mais il est encore un inconvénient plus grave : c'est une super-acuité du sentiment, provoquée par une exaltation trop ardente et malsaine qui tombera brusquement au premier souffle contraire. Les poèmes pathétiques vibrent d'un enthousiasme continuel, et une forte excitation ne peut se maintenir longtemps au même degré. Les valeurs lyriques même courent le risque de s'atténuer. Pour se faire comprendre, on verse dans la banalité de l'expression ; pour forcer l'attention, on se répète à chaque instant, et le désir qu'on a d'aboutir à

---

1. Albert Mockel, *Émile Verhaeren*.

l'exaltation suprême entraîne à des longueurs inévitables. Enfin, la clarté et la netteté des images font disparaître ce lyrisme mystique que Goethe appelait l'incommensurable, et cette mystérieuse magie de la poésie se dissipe à la clarté du jour, au bruit des foules.

Mais, d'autre part, ce pathétique donne au lyrisme une richesse et une puissance incalculables. Le mot n'est plus une impression qui se cristallise, mais une exhortation directe qui s'adresse à la masse. La poésie lyrique vit, repliée sur elle-même : elle est à la fois question et réponse. La poésie pathétique n'est que l'attente d'une réponse. Sa force s'accroît avec le succès, et, dans l'inspiration qui l'anime, se confondent l'appel du poète et la voix de la foule, clameurs également formidables.

Une évolution naturelle a conduit Verhaeren à cette forme nouvelle de son talent. Les cris du peuple, les fracas des villes, les aspects nouveaux qui se présentaient à lui, n'éveillaient plus en lui un lyrisme délicat et subtil : il s'en dégageait comme un conseil, comme une exhortation. Plus l'univers se révèle à nous dans toute l'ampleur de ses vastes horizons, dans le jeu magnifique de ses forces, dans son héroïsme tel que le définissait Emerson – c'est-à-dire dans la concentration de sa puissance – plus aussi le lyrisme doit s'effacer devant le pathétique, dans le sens nouveau qu'il faut donner à ce terme et tel peut-être que Verhaeren l'a conçu. À des impressions formidables ne peuvent correspondre des expressions mesquines, des formes indécises : un cri sonore appelle une réponse également vibrante. Tout art est, encore plus que nous ne le soupçonnons, un produit du temps où il est éclos. Et de même, dans chaque art, il existe des rapports mystérieux entre les besoins d'une époque et les formules esthétiques : ces rapports échappent à l'analyse ; ils ne se révèlent à nous, de temps à autre, que par des manifestations éphémères et des intuitions fugitives.

CHAPITRE VI

Le poème verhaerenien

Je suis celle des surprises fécondes.

« Celle des voyages »

Le véritable poème ne saurait être une simple jux-
taposition d'éléments, un assemblage de rouages
mécaniques. Comme l'homme lui-même, il est un être
organisé, fait de l'union d'un corps et d'une âme inséparables. Son corps, ce sera la substance même des
mots, la couleur des images, la cinématique du mouvement et tout ce qui constitue le squelette de la
pensée. Au-dessus de tout cela, il lui faut encore posséder ce je ne sais quoi d'indicible qui est l'âme, cette
âme seule capable de le coordonner en organisme,
cette âme qui est un souffle, un rythme, une essence
très particulière et qui pourtant n'a pas de nom, qui
intéresse le sentiment seul et échappe à la connaissance. Dans ce domaine suprasensuel se révèle la personnalité du poète ; mais, si celui-ci a du génie, son
poème portera, physiquement, si je puis dire, et maté-
riellement, une marque caractéristique. À côté du

sentiment insaisissable et de la vibration mystérieuse,
existe la matérialité du poème. Les mots font comme
un réseau, l'expression semble un filet qui, dans les
eaux profondes de la vie intérieure, s'en va capter le
sentiment fuyant pour l'attirer à la lumière. Et c'est,
disons-nous, cette matérialité, particulière à chaque
poète, qui sera significative de sa race, de son milieu,
de sa personnalité. Mais, tout comme un être vivant,
cet organisme poétique n'échappe pas à la loi de la
croissance : il connaît la maturité et la vieillesse. Ainsi
que le visage de l'homme, au cours de l'âge, emprunte
ses modifications au caractère primordial de l'enfant,
la structure du poème ne peut être autre chose que
l'extrait de tout ce qui est typique et général. Elle doit
accuser toutes les transformations de l'âme jusqu'aux
dernières acquisitions. Dans tout vrai poète, la technique, le métier, l'extérieur, en un mot, doivent suivre
parallèlement l'évolution du contenu intime et spirituel de la poésie. Dans la forme, le poème devra manifester d'abord le respect de la tradition, puis la révolte
de la jeunesse, l'acquisition de la personnalité, avant
de se refroidir lentement jusqu'à la calcination définitive.

Dans ce sens, purement formel, le développement
du poème verhaerenien a son histoire. Les vers de
Verhaeren occupent dans les lettres françaises une
place si originale et si caractéristique que la lecture
d'une seule strophe suffit à en faire reconnaître
l'auteur. Ils sont nés de la tradition ; ils sont le produit
d'une certaine culture et se rattachent au mouvement
d'une époque. Lors des débuts de Verhaeren, Victor
Hugo, le roi du lyrisme français, était mort, Baudelaire oublié, Paul Verlaine presque inconnu. Les

héritiers de Hugo se partagèrent son empire, comme jadis les Diadoques celui d'Alexandre. De lui ils ne conservèrent que le faste extérieur. L'éclat de leur verbe contrastait avec la minceur de leur voix et l'artificiel de leurs sentiments. Alors se leva, en face d'eux, en face des François Coppée, des Catulle Mendès, des Théodore de Banville, une nouvelle école de jeunes gens, qui s'appelèrent les Décadents et les Symbolistes. Je dois avouer mon incapacité à expliquer cette appellation, sans doute pour avoir lu, à ce sujet, trop de définitions différentes. Quoi qu'il en soit, un groupe de jeunes se dressa contre la tradition pour tenter en diverses expériences la recherche d'une nouvelle expression lyrique. En quoi consistait cette nouveauté, on ne saurait guère le dire. Peut-être la vérité serait-elle que tous ces poètes n'étaient pas français : tous importaient de leur pays, de leur race, de leur passé quelque chose de neuf ; le respect de la tradition française que leurs aînés avaient dans le sang ne s'imposait pas à eux comme un obstacle ; c'est ainsi que, sans le savoir, ils restaient plus près de leur instinct artistique. Considérons leurs noms, ils décèlent assez l'exotisme : Vielé-Griffin et Stuart Merrill, américains, Verhaeren, Maeterlinck et Mockel, belges, ou Jean Moréas, pseudonyme français jeté sur la complication d'un patronyme grec. En 1885, leur indiscutable mérite fut d'apporter un élément d'inquiétude au lyrisme français. Mallarmé plongeait ses vers dans les ténébreux mystères du symbole, jusqu'à ce que les mots revêtissent un sens obscur qui les rendît presque incompréhensibles. Verlaine donnait à sa poésie la légèreté fluide et simple d'une musique inconnue. Gustave Kahn et Jules Laforgue, les premiers, abandonnèrent la rime et l'alexandrin au profit d'un vers libre à l'irrégulière ordonnance. Chacun s'efforçait pour son propre compte de trouver du nouveau, et tous se retrouvaient en communauté d'ardeur pour attaquer les idoles d'un lyrisme démodé et pour désirer fougueusement une nouvelle formule d'expression. Leur tort fut de tant surfaire l'importance d'une révolution dans la technique, de tant s'attacher à approfondir les théories, au lieu de chercher à développer leur propre personnalité. Aussi leurs talents se sont-ils très vite enlisés. Peu à peu leurs chemins ont bifurqué. Plusieurs ont sombré dans le journalisme. D'autres continuent à fouler toujours les traces de leur jeunesse et tournent encore dans le même cercle. Des Symbolistes et des Décadents il n'est rien resté, sinon un épisode de l'histoire littéraire. Ce n'est plus qu'une enseigne à demi effacée, mais depuis longtemps la boutique est vide. Verhaeren a compté parmi les Symbolistes. Toutefois nous ne pensons pas que cette école ait beaucoup marqué sur lui. D'eux, il n'a guère pu recevoir que des excitations, qui l'affermissaient dans ses tendances natives à la révolte. Son attitude vis-à-vis du vers libre est en tout cas indépendante de cette influence. Cette forme nouvelle ne lui est pas imposée par l'instinct d'imitation ; elle a éclos en lui sous la poussée d'une nécessité intérieure. Ce n'est pas l'exemple des autres qui l'a aidé à secouer les chaînes de la tradition, cette délivrance lui incombait à lui-même. Et c'est cette fatalité d'obligation qui seule importe ; car, en vérité, il est indifférent qu'un poète écrive des vers réguliers ou des vers libres : le fait à retenir est qu'un poète parvienne, par une nécessité de sa nature, sous la poussée d'une force intime, à s'éloigner de la tradition pour se créer à lui-même une forme vraiment originale et personnelle.

Verhaeren débuta par être Parnassien. Ses premiers essais poétiques, qu'il n'a jamais publiés et qu'il composa sur les bancs de l'école ou dans ses premières années d'étudiant, dénotaient l'influence impérieuse de Lamartine et de Victor Hugo. Même dans ses deux premiers volumes parus, *Les Flamandes* et *Les Moines*, il n'est pas un seul poème où il se soit éloigné de ces modèles. Parfois pourtant, ses vers sont d'une forme un peu moins strictement régulière. Là sont, encore très légères, les fêlures qui plus tard vont faire éclater le vase. Mais la cause de ces petites insubordinations était dans la sauvagerie ou l'âpreté des sujets, dans une sorte de raideur du tour de phrase dont la race seule est responsable. Un étranger lui-même reconnaît facilement que la syntaxe et la prosodie ne sont pas là celles d'un Latin, sensible, par sa nature et par logique, à la plasticité de la forme ; on sent que ce n'est que par un effort puissant de sa volonté que ce tempérament barbare se plie, difficilement, à l'harmonie. Dans le français que Verhaeren emploie, on retrouve l'expression large et violente de sa race, quelque chose qui touche à la ballade allemande. Déjà le nom décelait l'étranger, et dans le français de Verhaeren cette marque originelle ne saurait échapper à la fine oreille d'un de ses compatriotes.

L'évolution du poète le rapprochait de plus en plus de sa véritable nature. L'héritage en lui de sa race se révoltait davantage contre la tradition oppressive, et ses affinités germaniques se marquaient plus intensément dans ses vers. Tout son tempérament est opposé aux exigences de la suprême « impassibilité ». Ce n'est pas vers l'harmonie qu'il le pousse, mais vers des rythmes farouches. Ses vers ont des vibrations profondes et gutturales, où les voyelles chantent une âpre musique. De toute part perce sa vraie nature, avec sa rudesse mâle et brusque. À cela s'ajoutent encore les résultats de sa transformation intérieure. Tant que la tendance poétique de Verhaeren demeure tournée au pittoresque, tant qu'il ne se souciait que de peindre, sans fièvre, la passion du peuple flamand, la vie austère des couvents, l'alexandrin lui suffisait pour ordonner les ondes rythmiques. Mais dès qu'une impression personnelle vient troubler cette primitive indifférence intérieure, le vers perd de sa quiétude. Plus l'alexandrin paraît sur le point d'éclater, plus le poète sent croître en lui le désir de le briser. Verhaeren prend le vers ternaire, le vers des Romantiques avec ses deux césures qui scandent les lignes en trois parties strictement égales de rythme et de poids, mais cet alexandrin libre, inauguré par Hugo, il le rend irrégulier : les syllabes sont de poids différents et de sonorités diverses, elles ne sont plus en équilibre stable, elles montent et elles descendent. Peu à peu l'uniformité grave du mouvement se change en une sorte d'onde à vagues rythmiques. Puis cela ne lui suffit plus. L'excès de son tempérament ne supporte aucune entrave extérieure. Car ce n'est point la tranquillité qu'il veut décrire, mais sa propre agitation avec ses frémissements et ses inquiétudes fébriles. Une impression violente qui module en un cri sa multiplicité ne saurait, pour revivre, s'enfermer dans un vers régulier. Il lui faut le geste de la passion, le

mouvement de la liberté : c'est-à-dire le vers libre.
Certes celui-ci fut, en France, vers le même temps,
employé par bien d'autres poètes, dont plusieurs se
disputent la priorité de son « invention ». Mais que
signifient de telles coïncidences, sinon qu'elles sont
non le produit du hasard mais d'une sorte de réflexe
consécutif à la modernité des sentiments ambiants,
au désir inquiet où se cherche la poésie d'une époque.
Il est tout à fait indifférent de savoir si Verhaeren a
eu ou non des modèles. Les emprunts extérieurs ne
peuvent jamais s'assimiler intimement à l'organisme :
seules les acquisitions de sa propre vie constituent
pour l'homme un véritable gain. Pour Verhaeren,
c'est une nécessité intérieure qui le poussait à briser
le vieil instrument pour s'en créer un nouveau, nécessité intégrante à son développement même. On ne
saurait en effet concevoir dans une forme régulière
cette agitation nerveuse, ce mouvement passionné des
poèmes que Verhaeren devait écrire. Pour s'adapter
à l'extraordinaire diversité des impressions modernes,
leurs élans, leurs ardeurs, leurs brusques retours en
arrière, leur soudaineté, leur sombre mélancolie, pour
magnifier leur entrée inattendue dans l'intimité passionnelle de l'individu, il faut un vers qui soit solide
et pourtant souple comme une lame d'épée. De tels
poèmes échappent à la règle, tout comme la foule, et
ne sauraient s'avancer militairement au pas de parade.
Récités, ils ne supporteront pas le ton déclamatoire,
compassé, froid et sentimental de la Comédie-
Française. C'est à la foule qu'ils s'adressent et il faut
les dire ainsi. C'est un cri, c'est un appel, c'est un
coup de fouet. Cela échappe à l'harmonie ; cela n'est
plus que spontanéité impulsive.

Délivrée de la monotonie de l'alexandrin, la poésie de Verhaeren y a gagné une diversité infinie. Le vers alors sait rendre le côté plastique d'une impression en même temps que son côté intime et émotif. Plus n'est besoin d'une description pittoresque. La résonance extérieure suffit et la musique du rythme. Ces lignes inégales, qui tantôt vont pénétrer jusqu'à la marge et qui tantôt s'aiguisent dans la flèche d'un seul mot, constituent tout le clavier des impressions. Pour dire la monotonie de la solitude, les voici qui s'avancent, le pas grave, comme un noir cortège de deuil : « Mes jours, toujours plus lourds, s'en vont roulant leur cours[1]. » Comme l'éclat blanc d'une torche, voici ce brusque cri : « la joie », qui jaillit, au-delà de toute pesanteur terrestre, au plus haut des cieux ! Toutes les voix du jour et de la nuit peuvent se traduire presque en des onomatopées : ce qui est brusque et soudain, dans une forme rapide ; ce qui est pesant ou magnifique, dans une forme large ; une rudesse soudaine conviendra à l'inattendu ; un mouvement fébrile et précipité sera adéquat à l'impatience ; un changement subit de mouvement indiquera la sauvagerie. Le rythme du vers, à lui seul, suffit à rendre toute impression. Dans nombre des poèmes de Verhaeren, un étranger, ignorant la langue française, pourrait en comprendre le sens, rien qu'à entendre leur musique innée, de même qu'on peut saisir l'intention poétique rien qu'au seul aspect de leur disposition typographique.

Aussi bien, j'aimerais à qualifier symphonies les poèmes les plus saillants de Verhaeren. Ils sont

---

1. « L'heure mauvaise », *Les Bords de la route*.

conçus comme pour un orchestre. Ce n'est plus de la musique de chambre avec des soli de violons. Tous les instruments y exécutent des ensembles enthousiastes. Ils sont divisés en parties, dont les mouvements diffèrent : les transitions servent de pauses. Dans ces poèmes, le lyrisme coule à pleins bords et se mélange au drame et à l'épopée. Le poème strictement lyrique se borne à décrire un état d'âme ; le poème de Verhaeren va plus loin et s'attache à la naissance de cet état d'âme. Ce premier moment de la construction est proprement épique : la description part d'un début médiocre pour s'élever vers une énorme dépense de force. Puis viennent les passages dramatiques, où les manifestations du tempérament se placent les unes en face des autres, provoquant des chutes et des ascensions qui ne trouvent qu'enfin leur résolution harmonique. D'un point de vue purement extérieur, le poème de Verhaeren paraît plus large, plus étendu que n'importe quel autre. Il dépasse, sans souci des lois de l'esthétique, la mesure ordinaire du lyrisme, il puise sa force nourricière en des domaines voisins. Plus qu'aucun autre poète contemporain, il touche à la rhétorique, à l'épopée, au drame, à la philosophie : le contenu du poème ne contient point de règle. Et sans règle aussi en est la forme extérieure, puisqu'il n'obéit qu'à une puissance nouvelle et toute interne. Maintenant que les lignes ne sont plus enchaînées pour former des colonnes égales, le poète peut décrire ses impressions sauvages et débordantes avec les lignes qui leur sont propres, sauvages comme elles en leurs arabesques intrépides. Aujourd'hui, le poème de Verhaeren, avec les acquisitions que l'âge mûr a faites définitives, est en pleine possession de son

architectonique particulière. Cependant, la comparaison avec un monument, une œuvre d'art, ne serait
pas juste. C'est plutôt une manifestation de la nature.
Élémentaire, comme tout sentiment, il trouverait son
processus symbolique dans l'orage : d'abord une
vision s'approche, c'est le nuage ; la condensation
s'accentue ; il devient plus lourd ; il oppresse ; la tension intérieure augmente ainsi que la chaleur, jusqu'à
ce que dans l'éclair des images, dans le tonnerre du
rythme, toute la force emmagasinée parvienne à se
décharger. L'andante aboutit toujours à un furioso,
et ce n'est que tout à fait à la fin qu'on retrouve le
ciel clair et pur de la sérénité, synthèse intellectuelle
de l'état du Chaos. Cette structure du poème verhaerenien est presque constante. Prenons, au hasard,
deux exemples qui démontreront cette vérité, deux
poèmes des *Visages de la vie* : « La foule » et « Vers
la mer ». Ces deux pièces débutent par une vision.
Dans l'une, c'est la foule, avec son tohu-bohu et sa
puissance ; dans l'autre, un délicat tableau de la
mer au matin, séduisant comme un Turner avec ses
nuances diaphanes. Mais, voici que la passion du
poète embrase cette vision paisible. On voit croître
l'agitation de la foule et monter la houle des vagues.
L'extase arrive, et c'est la seconde précise où le poète
s'enfonce lui-même dans la foule et semble, corps et
âme, se plonger dans la mer. Et c'est enfin l'identifi-
cation absolue qui se résout dans un grand cri de
désir, c'est le poète qui veut impérieusement devenir
toute la foule, ou devenir toute la mer.

Ici et là apparaît le geste extatique de l'isolé
vers l'infini. La première image n'évoquait qu'une
impression sensorielle ; elle a donné naissance à un

enthousiasme éthique toujours croissant, jusqu'à ce que, selon l'évolution de la vision, se dégage une nécessité morale et métaphysique. Cet essor du sentiment individuel vers le sentiment cosmique est le processus fondamental du poème verhaerenien. Pour en rendre la forme plus sensible, il faudrait donner de sa nature une expression géométrique : *ces poèmes sont, en quelque sorte, de forme parabolique.* Tandis que l'ordinaire poème lyrique se présente en général sous l'aspect régulier et harmonique du cercle, étant un simple retour en soi-même, le poème verhaerenien est une véritable parabole, irrégulier qu'il est au premier abord, mais soumis cependant à une loi. D'un élan rapide, il s'élève, va de la terre aux nues, du réel au virtuel, puis, à cette incroyable altitude, il redescend subitement sur le sol. L'enthousiasme ravit l'impression aux constatations pittoresques pour l'élever du simple spectacle sans passion à cette vertigineuse hauteur où rayonnent toutes les possibilités, délaissant toute considération sensible pour la spéculation métaphysique. Soudain, de la façon la plus inattendue, cette impression est ramenée sur le terrain de la réalité. Et en vérité, la musique de ce poème ne peut-elle se comparer à une pierre qu'on lance, qui ébranle les airs de son murmure continu pour retomber brusquement ? Et dans le rythme ne trouve-t-on pas aussi cette vitesse qui va s'accélérant, cette aspiration et ce retour à soi-même, durant lequel semble méditer la force de pesanteur qui revient à la terre ?

Disons maintenant quelques mots des moyens employés par Verhaeren pour atteindre la vision, pour traduire la passion dans les phénomènes intérieurs et pour éveiller l'enthousiasme. Examinons d'abord s'il est vrai de dire que Verhaeren est un artiste au point de vue de la langue. Ses moyens verbaux ne sont nullement restreints. Si, dans ses termes ou dans ses rimes, on peut constater des retours fréquents qui confinent parfois à la monotonie, on remarque chez lui dans l'emploi du mot une étrangeté, une nouveauté, un inattendu qui sont presque sans exemple dans la lyrique poésie française. Une langue ne s'enrichit pas uniquement de néologismes. Un mot peut acquérir une vie nouvelle en prenant une place et un sens qu'il n'avait pas, par une transvaluation de sa signification, comme fit Rainer Maria Rilke dans la poésie allemande. « Être le rédempteur par la vie poétique des pauvres mots qui se meurent d'indigence dans la vie journalière[1] », voilà peut-être qui est supérieur à la création de nouveaux vocables. Verhaeren a hérité le sentiment de la langue flamande et, par là, apporté dans le français une sorte de tonalité belge. Certes, il ignore presque complètement le flamand, mais il a retenu quelque chose de la vague musique entendue pendant son enfance, une sorte d'accent guttural moins sensible sans doute aux étrangers qu'aux Français. Je voudrais m'appuyer ici sur la monographie de Maurice Gauchez, si intéressante sur ce point, et lui emprunter les exemples les plus significatifs. Parmi les néologismes de Verhaeren qui tiennent à ses origines flamandes, Gauchez signale : les baisers rouges, les plumes majuscules, les maladies hiératiques, la statue textuelle, les automnes prismatiques, le soir tourbillonnaire, les

---

1. Rainer Maria Rilke, *Mir zur feier*.

solitudes océans, le ciel dédalien, le cœur myriadaire de la foule, les automnes apostumes, les vents vermeils, les navires cavalcadeurs, les gloires médusaires. Il fait remarquer avec raison combien certains verbes pourraient enrichir le vocabulaire français : enturquoiser, rauquer, vacarmer, béquiller, s'enténébrer, se futiliser, se mesquiniser, larmer.

Cependant cet enrichissement vient de l'instinct de race : je n'y puis reconnaître la marque essentielle de son talent verbal. Il y a trouvé une couleur locale ; mais ce n'est pas celui qui, à proprement parler, peut expliquer l'originalité de sa langue. Si Verhaeren a été dans la poésie française un créateur, c'est parce qu'il a su, avant tout, étendre son domaine en renouvelant la poésie qui, sur le terrain de la technique, des sciences et des métiers, courait à une déroute fatale. *Le grand apport fécond dont la langue poétique lui est redevable ne vient pas tant du flamand, que de la science.* L'homme qui écrit des vers sur le théâtre et sur la science, qui chante les fabriques et les gares, ne peut être indifférent à leur terminologie. Au vocabulaire de la science, il est contraint d'emprunter certains mots techniques, comme à la médecine des expressions pathologiques. En élargissant le domaine de la poésie il lui faut aussi étendre son vocabulaire. On trouve chez lui des noms géographiques qui sont des surprises pour la rime : Berlin, Moscou, Sakhaline, les Baléares, et d'autres îles lointaines. Le progrès des sciences le force à inventer chaque jour de nouveaux termes, les nouvelles machines nécessitent l'éclosion de mots neufs, et c'est une source nouvelle qui pour la première fois vient de jaillir pour que vienne s'y rafraîchir toute la langue lyrique.

Cependant cette richesse incroyable comporte un écueil : ce n'est pas la pauvreté, ni l'étroitesse, c'est ce qu'on pourrait appeler l'emprise de certains termes. Un sentiment qui s'affirme unilatéral, s'il présente des avantages, offre aussi des inconvénients. S'il est vrai que la constance de la passion confère au poème verhaerenien un caractère d'éloquence et de prédication, elle ne va pas sans engendrer une certaine monotonie dans les images. Verhaeren semble subir la fascination de certains mots : images, épithètes, tournures de phrase. On les trouve répétés sans cesse à travers toute son œuvre. C'est à un *brasier* qu'il compare toutes les choses qui évoquent des passions multiples. *Carrefour* est pour lui le symbole de l'indécision. Par le mot *essor*, il exprime l'effort suprême. Des exclamations et des cris se répètent de page en page. Les épithètes aussi sont monotones, souvent même schématiques avec les froides désinences en *ique*. Ses images révèlent ce que le langage de la science appelle la pseudo-anesthésie : c'est-à-dire que, chez lui, aux couleurs et aux sons correspondent toujours respectivement les souvenirs d'impressions précises d'un ordre sensoriel voisin. Le rouge évoque en lui tout ce qui est passionné ; l'or, ce qui est grand et solennel ; le blanc, ce qui est doux ; le noir, ce qui est hostile. C'est pour cette cause que ses images paraissent brusques et absolues. Suivant l'explication qu'en donne Albert Mockel, dans sa magistrale étude, il est en elles, à proprement parler, un mouvement décisif, spontané qui surpasse notre attente. Comme les couleurs et comme le rythme ces images sont puissantes. Elles ont la soudaineté de l'obus qui traverse l'espace et dont notre œil ne peut

prendre connaissance qu'après son arrivée au but,
lorsqu'il fait voler la cible en éclats. La raison en est
sans doute dans la destination de ces poèmes : ils sont
faits pour être dits. L'affiche, faite pour être vue de
loin, ne produira son effet qu'au moyen de couleurs
franches, d'images pathétiques qui fascinent le
regard. Verhaeren, comme nul autre, a su trouver de
telles images ; les nuances, il semble les dédaigner et
son brutal instinct d'homme fort n'aime que l'éclat et
la franchise du coloris. « La couleur, elle est dans ses
œuvres une surprise de métaux et d'images[1]. » La
haute flambée de ses images illumine, comme des
éclairs, les horizons à l'infini. Je rappellerai seulement
les « beffrois immensément vêtus de nuit », ou « la
façade paraît pleurer des lettres d'or », « les gestes de
lumière des phares ». Par l'intensité de telles images
Verhaeren porte dans l'expression du sentiment une
clarté vraiment extraordinaire. « Personne, je crois,
ne possède à l'égal de Verhaeren le don des lumières
et des ombres, non point fondues, mais enchevêtrées,
des noirs absolus coupés de blanches clartés[2]. »

Si le tempérament de l'écrivain se montre unilaté-
ralement développé, il en résulte pour lui un exclu-
sivisme artistique qui présente un avantage de même
sens. Verhaeren ne se soucie pas de l'écriture artiste
au sens courant du mot : il ne cherche pas toujours
la comparaison unique et nécessaire ; il ne se défend
pas de se répéter dans l'abondance et ne s'ingénie pas
à employer, pour ainsi dire, chaque mot pour la première fois. Son vocabulaire poétique est riche, mais

---

1. Albert Mockel, *Émile Verhaeren*.
2. *Ibid.*

pas jusqu'à l'infini ; la puissance réceptive de sa sensibilité n'est point sans limites. Pour lui, comme pour tout poète de la passion, les impressions parvenues à leur paroxysme n'ont pour termes de comparaison que les éléments de la nature : le feu, la mer, le vent, le tonnerre et l'éclair. Elles finissent même par s'identifier avec eux. Pour nous expliquer plus clairement, disons que, si Verhaeren est un écrivain artiste, ce ne saurait être dans le sens de Goethe, mais dans celui de Schiller. Ainsi que Schiller, en effet, il a le don de pouvoir formuler en une ligne l'expression lyrique définitive de certaines de nos connaissances. Il a su mettre en formules poétiques l'essence du sentiment vital. Ces formules ont eu ou auront la plus heureuse fortune : qu'il me suffise de rappeler des expressions comme « les villes tentaculaires » qui sont en France entrées dans le langage courant, comme « la vie est à monter et non pas à descendre », comme « toute la vie est dans l'essor ». Toute l'extase lyrique est concentrée dans ces courtes phrases qui sont comme une véritable monnaie dont la valeur d'expression aura toujours cours dans la langue.

C'est cette brusquerie rude, qui va parfois jusqu'à la brutalité, ce dédain des transitions harmonieuses, qui créent l'individualité du poème verhaerenien. Au fond, ce sont là tous les caractères d'une virilité puissante. La musique des vers est gutturale, profonde, âpre : leur voix est mâle. La plastique des poèmes, comme un corps masculin, se développe selon les beaux mouvements de la force : si, dès qu'on les fige au repos, les gestes sont heurtés, ils se retrouvent toujours, au moment de la passion, d'une beauté triomphale. Tandis que la poésie française suivait en quelque sorte le rythme du corps féminin, en imitait la grâce souple et les lignes délicates et ne s'attachait qu'à trouver l'harmonie, le poème verhaerenien n'a prétendu qu'à l'expression du mouvement, tel que le décèle la marche vigoureuse et fière de l'homme. C'est pour une autre raison encore que les Français l'ont si longtemps répudié : dans la langue que le poète emploie, la trace des origines allemandes, qui nous réjouit si fort, ne se révèle à un Français que par la sensation d'une rudesse toute germanique. Tandis que nous autres, Allemands, croyons ouïr un écho de la ballade qui, au lointain de nos souvenirs, berça nos rêves d'enfant, le Français perçoit une opposition à sa tradition nationale. En effet, au cours du développement de Verhaeren, dans sa personnalité comme dans ses vers, sous le vernis français apparaît de plus en plus la mentalité germanique. Ce ne fut que dans la première période, où sa poésie ne s'était pas encore rendue indépendante, qu'elle ne se différencia pas de celle des autres poètes. Mais, à mesure qu'il se détachait des liens de la pensée et des sentiments français, il se rapprochait inconsciemment de l'art allemand. Il est vrai qu'aujourd'hui Verhaeren semble revenir au classicisme. Ses derniers poèmes ont moins d'audace ; les images en sont plus schématiques. L'ensemble donne une impression de sérénité et de transfiguration. Mais il ne faut pas voir là un lâche compromis envers la tradition rompue, un repentir et un retour. Goethe, Schiller, Hugo et Swinburne nous ont présenté un phénomène analogue quand l'âge eut refroidi leur sang, apaisé la sensualité de leur conception au profit de leur intellectualité. L'homme victorieux répudie la brutalité du combattant. L'homme mûr ne va pas vers la rébellion, mais vers l'harmonie. Et ici, de même qu'au cours de toute l'évolution du poète, c'est le vers qui est le signe le plus sensible de la transformation intérieure. C'est lui qui fournit la preuve la plus parfaite que l'organisme a évolué, jusqu'en ses profondeurs les plus intimes, selon l'inéluctable décret de la loi même de la vie.

CHAPITRE VII

Le drame verhaerenien

Toute la vie est dans l'essor.

Les Forces tumultueuses

Les drames d'Émile Verhaeren ne font pas, semble-t-il, partie intégrante de son œuvre. Verhaeren, à proprement parler, n'est rien qu'un lyrique. C'est l'enthousiasme du lyrisme qu'on trouve au fond de sa sensibilité. Des domaines avoisinants jaillissent des sources d'inspiration qui confluent toutes vers cet instinct intérieur qu'elles alimentent. Pour Verhaeren, le drame et l'épopée n'ont presque toujours que des moyens, jamais des fins en soi. Il a usé du développement épique pour sa large tranquillité et pour l'ordonnance architecturale de sa construction. La rapidité dramatique, toute en contrastes, abrupte en ses transitions, fait déborder son poème à la façon d'un dithyrambe. Drame et épopée n'ont d'autre but pour lui que de fortifier l'art lyrique, comme un tonique qu'on infuse au sang. Aussi bien c'est d'un point de vue nouveau qu'il faut envisager les drames

– quatre jusqu'ici – que Verhaeren a écrits en dehors de son œuvre : du point de vue de la construction quasiment architecturale.

En un sens, ses drames ne procèdent que de vues générales : ce sont des concentrations, dans le temps, d'éléments lyriques individuels, des conclusions à l'ensemble des problèmes qui, à un moment donné, ont occupé son esprit. Suivant l'ordre de la déduction, ils marquent le point final de chaque développement, indiquant les époques parcourues, ainsi que des pierres milliaires. Ce qui restait épars dans les poèmes lyriques, incapable de se délimiter un domaine systématique, converge ici comme au foyer central d'un programme.

Le pêle-mêle lyrique acquiert enfin une unité intime : le cycle des idées se coordonne et s'inscrit à la façon d'un tableau dans le cadre d'une pièce. Les quatre tragédies de Verhaeren symbolisent quatre sphères du plus haut intérêt : religieuse, sociale, nationale et éthique. *Le Cloître* n'est qu'une sorte de recréation du livre de vers *Les Moines*, véritable tragédie du catholicisme. *Les Aubes* concentrent en elles toute la tragédie sociologique contenue dans *Les Villes tentaculaires, Les Campagnes hallucinées, Les Villages illusoires. Philippe II*, cette tragédie qui met en scène l'Antéchrist des Flandres, érige en contrastes l'Espagne et la Belgique, l'ascétisme et la sensualité. Enfin *Hélène de Sparte*, qui, par sa forme extérieure, annonce déjà un retour au classicisme, aborde un éternel problème d'ordre purement moral. En fait, les drames de Verhaeren n'ont en conséquence aucune signification capable de déplacer ou de changer son propre centre de gravité. De même son style dramatique, si neuf, se

tient en parfaite harmonie avec la nouveauté de son
style lyrique. D'une part, s'il a utilisé le drame comme
substance du lyrisme, d'autre part il a transmué, dans
ses drames, le lyrisme même en élément dramatique.
Dans les deux cas, ce ne sont que visions qui s'exas-
pèrent jusqu'à l'exaltation, et, ici comme toujours, Verhaeren ne peut créer que par l'enthousiasme. C'est de
ce qu'il y a de lyrique justement dans cet enthousiasme
que naît son inspiration, c'est de cette seconde de tension suprême où il semble que la passion ait besoin de
l'explosion des paroles pour que la poitrine n'éclate
point. Dans ses drames, les personnages ne sont que
des symboles de grandes passions ; ils sont, pour ainsi
dire, les ponts qui facilitent cet élan dans l'exaltation.
Et l'action scénique n'est plus qu'un chemin qui
conduit aux sommets, c'est-à-dire à ces minutes où
quelque puissance fatale s'abat sur ces hommes et les
force à crier. Des scènes entières de ces œuvres semblent n'être que l'attente du moment où quelqu'un se
lèvera pour se tourner vers la foule, lutter avec elle,
l'écraser sous son genou ou être anéanti par elle.

Le style des drames de Verhaeren est purement
lyrique ; le mouvement en est d'une passion et d'une
fièvre continues. Ce procédé, qui s'oppose brutale-
ment à toutes les lois du genre, a dû nécessairement
et organiquement se constituer une technique nouvelle. Jusqu'ici le drame français ne connaît que
l'alexandrin rimé ou la prose. Pour la première fois,
croyons-nous, la prose et le vers libre de rythme et
de rime alternent sans cesse dans les drames de Verhaeren. Dans Shakespeare, vers et prose sont répartis
sur quelques scènes et semblent jusqu'à un certain
point poser une classification sociale, les serviteurs

parlant en prose, et les maîtres parlant en vers. Dans Verhaeren, les passages en prose sont les assises larges et sûres où l'action s'étaye en vue des grandes exaltations. Les personnages expriment en prose leur quiétude ; mais, dès qu'ils s'échauffent, leur langage monte peu à peu jusqu'à la forme du poème. Arrivées à leur sommet, alors seulement les passions s'élancent dans leur libre essor et deviennent des vers, pareilles à l'aéroplane qui s'active sur le sol, gagne de plus en plus de vitesse, et s'enlève soudain dans les airs. À mesure qu'ils deviennent plus poétiques, pourrait-on dire, les personnages de Verhaeren parlent une langue plus pure. Avec la passion, une musique chante dans leur âme, comme ces hommes qui, dans la vie courante, ne sont que gaucherie et balourdise, et qui savent trouver dans les grands moments des gestes d'une héroïque beauté. Ainsi prend corps cette idée qu'il faut à l'enthousiasme pour s'exprimer une langue nouvelle, plus pure et plus noble. Ainsi se trouve démontré que la passion, le désir d'échapper à un terrestre idéal, de se libérer d'un fardeau trop lourd peuvent faire de chaque homme un poète. L'idée que l'homme passionné et enthousiaste est supérieur au critique sans inquiétude, que, jusqu'à un certain point, la réceptivité aux grands sentiments est en fonction directe de la valeur morale, cette idée, disons-nous, s'accorde parfaitement avec toute la conception que Verhaeren a du monde. Les représentations ont légitimé l'emploi de ce nouveau style : le passage de la prose au vers au moment de la passion n'est nullement remarqué du public, et c'est bien la preuve qu'il y est nécessaire.

Cette flamme intérieure et passionnée qui brûle
dans les poèmes de Verhaeren vit aussi dans ses
drames. Les mérites de son œuvre lyrique se retrouvent tous en ceux-ci, et principalement cette extraordinaire puissance de vision. C'est elle qui dresse
derrière Philippe II le paysage tragique de l'Espagne,
qui arrondit au-dessus d'Hélène le doux ciel bleu de
la Grèce dans tout son épanouissement, qui déroule
derrière la tragédie des villes modernes le décor
enflammé du ciel vers lequel se tendent les sombres
bras des cheminées. Et toute cette incroyable passion
extatique qui mène l'action, non par une marche lente
et régulière, mais par brutales secousses, jusqu'aux
moments décisifs !

Le premier drame de Verhaeren puise sa force
lyrique à la source d'une confession. *Le Cloître* est
une paraphrase des *Moines*. On y retrouve toutes les
figures qui s'étaient groupées dans les froids couloirs
conventuels : le moine doux, le moine sauvage, le
moine féodal, le moine puéril, le moine savant. Tous
ces personnages ne sont pas pris ici dans leur action
isolée : leurs forces s'exercent les unes contre les
autres. Ils luttent pour obtenir le siège de Prieur, et
il est vrai de dire que, dans la pensée du poète, ce
siège n'est que le symbole d'un concept supérieur.
Chaque moine, en effet, pris individuellement, représente une des vertus catholiques et une conception
personnelle de la divinité : le siège du prieur exprime
que toute la question est de savoir qui le plus mérite
Dieu. Le vieux prieur a désigné pour son successeur
éventuel un noble, Balthazar, que, depuis longtemps,
le monastère héberge. Or, Balthazar s'était réfugié
dans ce couvent parce qu'il avait tué son père et qu'il

lui fallait fuir la justice du siècle. Mais le remords le torture. En lui s'exaspère le combat de sa propre conscience et de celle de ses frères qui, plus faciles, lui ont depuis longtemps pardonné. Pour recouvrer la liberté de son âme, il fait sa confession devant tous les autres moines. Et il n'est pas encore libéré : contre la volonté du monastère, il renouvelle cette confession devant le peuple et se remet lui-même aux juges séculiers. L'idée catholique de la confession s'allie ici d'admirable façon à la conception de Dostoïevski du rachat de la faute par son aveu même, de la délivrance par la soumission au châtiment volontairement imposé. Au cours de ces trois actes, après un crescendo régulier, l'aveu tragique jaillit comme une flamme. Inspiré d'abord par la crainte, puis par le sentiment de la justice, cet aveu devient enfin pour le criminel une volupté véritable. Et ce sont ces sublimes et lyriques extases qui, comme de grandes ailes, soutiennent l'envol de cette tragédie.

Dans la seconde tragédie, *Les Aubes*, toute la scène appartient au présent. Elle a pour décor les « villes tentaculaires », dont les bras de pieuvre épuisent la pauvreté des campagnes agonisantes. Les mendiants, les miséreux, les affamés, les exilés marchent vers Oppidomagne, la moderne ville industrielle, où ils campent. Pour la dernière fois, le passé monte à l'assaut de l'avenir. Dans la trilogie lyrique, ce combat était représenté par une série de visions typiques. Ici, au-dessus de la lutte, plane l'idée de la réconciliation, comme le rêve au-dessus des réalités. Ici, se donnent la main l'avenir et le présent. Le grand tribun Hérénien, héros d'une morale nouvelle, interrompt le combat : il laisse – traître au regard d'une éthique abolie – l'ennemi pénétrer dans la ville et veut, par cette suprême concession, transformer la lutte en apaisement. Porteur tragique d'une nouvelle idée morale, apôtre de la bonté victorieuse de toute haine, il tombe, premier martyr de sa foi. Le concept social de Verhaeren, la description magnifique des réalités se transforment, peu à peu, en utopie. Les aurores nouvelles commencent à luire sur les choses du passé : une harmonie s'élève, qui absorbe en elle le bruit de la révolte. Ce drame est très éloigné de toute possibilité de réalisation sur la plupart des scènes : une idée éthique y est exprimée avec toute l'ardeur enthousiaste que les ouvrages dramatiques réservent ordinairement aux convoitises de l'amour.

Philippe II, la troisième tragédie, a beau ne point se passer en Flandre, ce n'en est pas moins un drame national. Déjà Charles de Coster, dans son *Ulenspiegel*, l'éternelle épopée de la Flandre, avait vu en Philippe II, avec toute la haine mortelle d'un vrai Flamand, l'ennemi héréditaire de la liberté. C'est la même haine qui pousse Verhaeren, devenu par *Toute la Flandre* le chantre lyrique de son pays, à peindre dans sa tragédie cette sombre figure. Ici, comme dans *Ulenspiegel*, Philippe II apparaît le souverain dur et inflexible qui veut éteindre la flamme de la vie, trop ardente pour lui, et rendre le monde marmoréen et froid comme les appartements de son Escurial. Voici, subitement révélé, l'envers du catholicisme, dont *Le cloître* avait immortalisé l'ardeur : le voici, impitoyable et ascétique, tendu de toutes ses forces volontaires contre l'irréfragable joie de vivre. Quant à don Carlos, c'est l'enthousiaste ami de la foule, l'amant de la Flandre, qui ne veut que jouissance, franchise et passion. Les personnages symbolisent cette lutte entre les deux pôles extrêmes de l'existence, positif et négatif, cette même lutte qui détermina la crise lyrique de Verhaeren, ce combat entre la négation et l'affirmation passionnée de la vie, qui fut la cause profonde de la guerre entre l'Espagne et les Pays-Bas.

Certes la comparaison de ce *Philippe II*, si grandiose et si inégal au point de vue dramatique, avec le *Don Carlos* de Schiller paraît au détriment de l'œuvre de Verhaeren. Mais ce que Verhaeren voulait montrer, ce n'est point l'homme dans toute la plénitude de son être, mais surtout la lutte de ces deux sentiments : l'enthousiasme de la vie et son oppression farouche. Ce rapprochement avec le drame de Schiller fait clairement apercevoir, en même temps que l'inobservance des lois dramatiques, une puissance lyrique, formidable et nouvelle. L'Espagne est peinte ici avec une force et une intensité de vision à peine rencontrées jusqu'ici dans les autres drames. On respire véritablement cette atmosphère de froideur et d'hypocrisie, et c'est dans les scènes muettes, mieux qu'à travers toutes paroles, qu'on voit nettement le caractère de Philippe II. Quelle apparition que celle de cette scène où, soudain marchant sur la pointe des pieds, il vient écouter son fils dans les bras de la princesse, et où, silencieux, sans le moindre éclair en son œil fixe, sans aucune manifestation de colère, il disparaît, comme il était venu, dans l'obscurité. Mais derrière lui, qui écoute et qui épie, glisse une deuxième ombre, le moine de l'Inquisition ; et celui qui épie est lui-même épié, et celui qui est souverain est lui-même dominé. Ces visions et l'enivrement de certaines scènes marquent le plus haut degré dans la puissance du

développement et dans la construction poétique chez
Verhaeren. Ce n'est pas par une lente progression que
s'élèvent son art, sa poésie et son lyrisme, mais par
bonds soudains et sursauts farouches.

C'est dans son dernier drame, *Hélène de Sparte*,
que, pour la première fois, Verhaeren s'est approché
du véritable art dramatique. Et cela caractérise bien
la marche de son développement organique. En effet,
voici qu'il atteint l'âge où toute passion nécessairement s'apaise ; l'harmonie lui devient plus particulièrement chère. Durant les années de sa jeunesse, et
dans tous les actes de la période virile, le poète a été
un révolutionnaire ; mais maintenant il reconnaît que
les lois internes sont inéluctables. Par son contenu
intellectuel, cette tragédie dernière marque déjà ce
retour ; elle n'exprime rien d'autre que le désir qui
naît au sein de la passion vers l'harmonie : Hélène
n'aspire plus qu'à fuir l'aventure pour se réfugier dans
le repos. Ce même retour est sensible jusque dans la
facture des vers ; pour la première fois, Verhaeren
accepte ici la prosodie française traditionnelle : sa
forme encore libre s'y rapproche de l'alexandrin.
Cette tragédie d'*Hélène* est la tragédie de la beauté.
Elle s'attache à un de ces caractères antiques dont les
lettres grecques n'ont tracé qu'une légère esquisse et
à qui un poète moderne peut prêter aujourd'hui ses
propres sentiments. Sur Hélène, sur sa destinée particulière, les sources grecques ne nous ont en effet
rien appris : nous ne la connaissons qu'à l'état de
cause efficiente, que par la réaction que sa personnalité suscite chez les autres héros, mais nous ne savons
rien des leurs sur elle-même. Elle fut la reine qui
embrasa tous les hommes et déchaîna les plus grandes

guerres ; pour l'amour d'elle furent commis meurtres sur meurtres. Elle fut celle qu'on s'arracha de couche en couche, celle en l'honneur de qui Achille ressuscita d'entre les morts, celle qui passa sa vie entourée d'une éternelle passion. Mais le poète antique ne nous a pas dit comment elle accueillait cette passion, si elle en retirait un gain pour elle-même ou bien de la souffrance, si elle avait le désir ou le dédain de ces amours. Verhaeren, lui, a tenté d'écrire, dans cette pièce, la tragédie de la femme qui souffre effroyablement d'être sans cesse convoitée, qui se consume de douleur d'être toujours ravie, d'ignorer un seul regard pur, un seul entretien paisible, un instant même de répit, condamnée qu'elle est au perpétuel bûcher de la passion, environnée toujours des flambantes ardeurs masculines. Nul ne la peut regarder sans désir. On l'emporte et personne ne se demande si elle est consentante. Dérobée ainsi qu'une chose, elle passe de main en main. Chez Verhaeren, c'est l'Hélène revenue dans sa patrie, lasse de toute agitation, de tout succès, lasse de l'amour. C'est la femme qui hait dans sa propre beauté la source de ses tribulations. Elle aspire ardemment à voir venir l'âge où nul ne la convoitera désormais, où elle pourra couler enfin des jours tranquilles. Ménélas l'a ramenée à son foyer, l'a arrachée à toutes les fumées de la passion et du crime. Elle ne veut plus qu'être paisible, vivre des jours silencieux et lui demeurer fidèle : elle ne veut plus rien. Il n'est plus de passion qui la puisse à présent séduire ; elle, qui vit tant de flammes, ne désire plus que le foyer et la lampe, et c'est là sa résignation la plus poignante. Mais le destin ne saurait se désintéresser d'elle. Et Verhaeren fait ici sienne la grande idée des

Grecs, qui voulaient que tout ce qui, sur terre, dépasse la commune mesure – toute fortune trop grande, toute beauté surnaturelle – soit poursuivi par l'envie des dieux et nécessite une rançon douloureuse. Ce n'est pas un avantage heureux qu'une beauté trop parfaite, mais un véritable don tragique. Et à peine Hélène, de retour au foyer, se livre aux douceurs du repos et se croit enfin semblable aux autres femmes, que des nuages nouveaux s'amoncellent sur sa tête. Son propre frère la convoite, ainsi qu'Électra son ennemie. À cause d'elle son époux trouve la mort, et voici qu'encore cet effroyable désir de posséder sa chair va embraser les hommes et les jeter les uns contre les autres. Alors elle s'enfuit, loin de tous, au sein des forêts. Et, de nouveau, Verhaeren, dans une vision géniale, se rapproche du sentiment grec. Cette forêt pour elle n'est pas inanimée ; elle vit, de cette vie qui ne s'arrête pas aux êtres humains : des buissons sortent les Faunes ; des rivières, les Naïades ; des collines descendent les Bacchantes. Tout assiège Hélène, désespérée de séductions et d'ardeurs, jusqu'à ce qu'enfin elle se réfugie près de Zeus, dans la mort.

Ce qu'il y a de caractéristique chez Verhaeren, c'est qu'il ait fait de cette tragédie d'*Hélène*, qui paraît être la tragédie de l'amour, quelque chose, si je puis dire, d'*anérotique*, ou mieux d'*anti-érotique*. Peut-être faudrait-il attribuer le peu d'intérêt généralement porté aux drames de Verhaeren – et même dans une certaine mesure à toute son œuvre – à ce fait que, comparativement aux autres poètes de ce temps, il semble s'être tenu éloigné de tout érotisme. Ce n'est que maintenant, dans son âge mûr, qu'il commence à s'intéresser en artiste à ce problème. Toujours c'est dans les choses purement spirituelles, dans l'enthousiasme et dans l'admiration, que Verhaeren a dépensé toute la passion que les autres ont prodiguée dans les choses de l'amour. Dans son drame, la femme ne joue qu'un rôle subalterne : *Le Cloître* même est peut-être la seule pièce contemporaine de valeur qui ne nous montre aucun personnage féminin. Aussi ses intentions dramatiques s'éloignent-elles énormément des préoccupations qui sont couramment celles du public. Verhaeren cherche à dégager d'un conflit strictement intellectuel cette hauteur et cette ardeur de passion qui ne se rencontrent d'ordinaire que dans les sentiments de l'amour. C'est pourquoi l'exaltation du poète laisse froids et indifférents la plupart des auditeurs. La généralité de ceux qui vont aujourd'hui chercher l'art au théâtre n'ont en eux qu'indolence et médiocrité. Ils sont incapables de se laisser emporter, par un problème purement moral, à un tel degré d'excitation : leur sensibilité se dérobe à ces extases si chaleureuses, à ces frémissements, à ces éblouissements perpétuels. C'est seulement ainsi qu'on peut expliquer la résistance du public aux drames de Verhaeren, car ils sont pleins de beautés, de situations vivantes et dramatiques, et ils contiennent avant tout une admirable nouveauté : ce style dramatique, neuf et passionné.

Déjà cette prose qui s'enflamme peu à peu jusqu'à devenir des vers constitue une complète originalité ; mais encore toute l'intention dramatique diffère, chez Verhaeren, de celle de nos autres auteurs. Son but n'est ni de nous intéresser, ni d'engendrer en nous la terreur et la pitié : il ne veut qu'exciter l'enthousiasme. Il ne prétend pas occuper ses auditeurs au

théâtre ; il veut les emporter dans son rythme. Il veut
leur verser l'ivresse avec de grandioses excitations,
parce que seul un spectateur enthousiasmé peut se
hausser à la compréhension de ces passions suprêmes.
Il veut enfiévrer les hommes au même degré que les
personnages qui sont sur la scène ; il veut que leur
sang batte à coups plus précipités ; il veut les arracher
à toute froideur, à toute quiétude, à toute considération critique. Son tempérament, qui le porte entièrement vers la surabondance, son talent, qui ne se
possède vraiment que dans l'exaltation, demandent
des acteurs et des auditeurs passionnés. Peut-être lui
faudrait-il rencontrer un comédien, frère par le génie,
qui ne craindrait pas d'être qualifié de pathétique, et
qui répandrait le torrent de ses vers en laissant éclater
dans toute sa splendeur ce qui est en eux de déma-
gogique et en faisant chanter toute la musique du
rythme. Peut-être alors celui-là pourrait-il créer cette
atmosphère idéale qui paraît nécessaire aux drames
de Verhaeren. Ce n'est rien autre d'ailleurs qu'un
sentiment enthousiaste pareil à celui qui les lui fit
créer : emporter la foule, l'entraîner avec lui, non pas
la convaincre par la logique ou l'éblouir par des
images, mais l'emporter dans ce sentiment qui, pour
lui, se confond avec la forme suprême du sens vital :
dans la passion.

TROISIÈME PARTIE

1900-1910

LES VISAGES DE LA VIE. LES FORCES TUMULTUEUSES.
LA MULTIPLE SPLENDEUR. TOUTE LA FLANDRE.
LES HEURES CLAIRES, LES HEURES D'APRÈS-MIDI.
LES RYTHMES SOUVERAINS.

CHAPITRE I

Le poème cosmique

les vols
Vers la beauté toujours plus claire et plus certaine.

« Les Spectacles »

La dépendance de la poésie à l'égard de la vie s'affirme selon un processus analogue à celui de la combustion. Ce sont les phénomènes du monde extérieur qui viennent alimenter le feu sacré qui brûle au plus intime du poète et sa passion d'artiste. Ce sont eux qu'il transforme en flammes et qu'il embrase en s'embrasant lui-même. À mesure que la circulation sanguine se ralentit, la flamme s'affaiblit, l'incendie s'apaise, et, peu à peu, de purs cristaux, résultat de cette combustion, apparaissent comme le résidu laissé par les réalités soumises à ce feu intérieur. Dans sa jeunesse et pendant son âge d'homme, Verhaeren a mis dans son œuvre une ardeur intense, effrénée, pareille à une flamme haute et libre. Dans les œuvres du quinquagénaire, il semble que la passion se soit apaisée et que seul persiste le désir d'atteindre le but de cette passion et de dégager la loi intérieure de cette agitation. L'enthousiasme immédiat que lui apporte la combustion elle-même, c'est-à-dire la transformation des données extérieures en visions poétiques, ne peut plus lui suffire dès l'instant qu'il y manque le résidu philosophique de la connaissance. En effet, on ne peut admettre qu'il soit possible de considérer le présent avec une certaine profondeur si l'on se refuse à en franchir les limites. Tout état présent contient en même temps son existence antérieure et son devenir. On ne peut concevoir un présent si absolu qu'il ne soit si intimement lié au passé et à l'avenir. Toute manifestation présente un caractère constant d'éternité, dès qu'on l'envisage du côté intérieur. À présent que le poète délaisse l'extériorité pittoresque du monde pour tourner sa vision en lui-même, vers la psychologie, à mesure qu'à travers les contingences phénoménales il approche de l'essence même des forces, il lui faut saisir, derrière la variabilité des choses, leur qualité constante. Toute analyse vraiment sérieuse aboutit toujours à la découverte d'un élément primordial. De tout point de la surface de la terre, une ligne droite perpendiculaire à la tangente aboutit à son centre : il en est ainsi de la voie logique, qui, de toutes choses, même des manifestations éphémères, conduit directement au centre de la force. Aucune connaissance des phénomènes actuels ne saurait être féconde si elle ne s'appuie sur la connaissance des lois éternelles, et si elle n'interprète les manifestations changeantes comme les transformations de phénomènes primordiaux invariables. Dans l'incroyable développement organique de notre poète, ce passage de l'âge viril à un âge plus avancé, de l'observation simple à la connaissance profonde, correspond à un nouveau moment artistique. Un passage, c'est-à-dire autre chose qu'une transformation, et qui tient à la fois de l'évolution et de la régression, ainsi qu'il apparaît dans la forme même du poème, lequel tend à se figer, au lieu de se transformer. Le gain acquis par l'homme viril est définitif ; c'est le sentiment conscient de ces acquisitions qui en accentue la valeur. Après l'âge viril, la vie n'apporte sans doute plus rien de nouveau ; l'équilibre statique est réalisé, mais il s'y ajoute une compréhension plus large de l'existence. La vie, ce n'est plus la lutte, l'agitation, la course de tous les instants : vivre, c'est posséder. Tout ce que la passion a conquis par son élan et par ses combats, le repos à présent en règle l'ordonnance et en détermine l'appréciation. Chez Verhaeren, ce passage de la jeunesse à l'âge mûr s'est effectué, dans le sens de Nietzsche, du dionysien à l'apollinien, c'est-à-dire de la surabondance à l'harmonie. Le désir du poète est désormais : « Vivre ardent et clair », vivre passionnément, mais sans cesse de veiller sur la flamme intérieure ; il n'y a plus de nervosité fébrile. De plus en plus maintenant les livres de Verhaeren semblent se cristalliser : ce ne sont plus des bûchers à la flamme ardente et libre, ils scintillent et ils rutilent comme des pierres précieuses aux mille facettes. La violence du feu, les vapeurs de la fumée sont dissipées : il ne reste plus que les purs résidus qui brillent d'une lueur claire. *Les visions sont devenues des idées.* Et de la lutte intestine des énergies terrestres ressortent des lois immuables.

De toute sa volonté, durant ces dernières années et dans ses dernières œuvres, Verhaeren tend à réaliser le poème cosmique. Par la trilogie des villes, il s'est emparé du monde extérieur, tel qu'il s'offre actuellement à nous : il l'a attiré à lui et s'en est rendu le dominateur. Dans des visions passionnées, il avait tracé l'image de ce monde, il avait conquis toutes ses formes ; il s'en était emparé pour en faire un monde à lui et le dresser en face du monde véritable. Mais lorsque le poète veut se créer tout un univers, et le concevoir dans ses possibilités comme dans ses réalités, il ne peut se contenter d'en façonner la forme et d'en imaginer la figure, il faut encore qu'il lui insuffle une âme, qu'il lui donne un organisme, qu'il lui trouve une origine et lui assigne un développement. Il ne suffit pas qu'il en comprenne le côté pittoresque et le mécanisme énergétique : il en doit faire une complète encyclopédie. Il faut qu'il lui crée une mythologie, une dynamique nouvelle, une nouvelle morale, une nouvelle éthique et une nouvelle histoire. Au-dessus de ce monde, ou dans ce monde, il placera un Dieu, agissant sur ses variations. Et la description de ce monde ne s'arrêtera pas au présent, mais elle embrassera tout son devenir, passé et futur, de façon à ce qu'il possède également la présonnance et la résonance. Cette volonté d'atteindre au poème cosmique, les derniers volumes de Verhaeren, les plus parfaits, les manifestent tous : *Les Visages de la vie, Les Forces tumultueuses, La Multiple Splendeur, Les Rythmes souverains*, tous ces livres qui, rien que par leur titre, semblent vouloir d'un geste magnifique embrasser toute la voûte du ciel ! Ils sont comme les piliers d'une construction géante, les larges strophes du poème cosmique. Le dialogue ne s'y engage plus seulement avec l'époque contemporaine, mais avec tous les temps. Ces livres brûlent de s'élancer vers l'avenir et débordent de lyrisme. Ils vont jusqu'à embraser les domaines voisins, la philosophie et la religion, pour leur suggérer des possibilités nouvelles. Ce n'est pas par un simple besoin d'esthétique que Verhaeren veut se mettre d'accord avec les réalités, et ce n'est pas par jeu poétique seulement qu'il s'efforce de se rendre maître des possibilités nouvelles : il y apporte un souci d'ordre moral et religieux. Ses derniers volumes, les plus importants, ne se bornent pas à envisager le monde dans ses manifestations isolées, ils tâchent à enclore la forme nouvelle dans l'expression d'une nouvelle loi. Dans *Les Visages de la vie*, Verhaeren a magnifié les forces éternelles : douceur, joie, force, activité, enthousiasme ; dans *Les Forces tumultueuses*, la mystérieuse dynamique de l'union, qui transparaît à travers toutes les formes du réel ; dans *La Multiple Splendeur*, il a chanté le rôle éthique de l'admiration, le rapport heureux de l'homme avec les choses et avec lui-même ; dans *Les Rythmes souverains*, enfin, il a donné l'exemple du plus auguste idéal. Pour lui, depuis longtemps, la vie ne consiste plus à contempler et à observer :

Car vivre, c'est prendre et donner avec liesse[1].

Peu à peu de la description et de l'analyse poétiques est monté un véritable hymne : les « laudi del cielo, del mare, del mondo », les chants de l'univers

---

1. « Un soir », *Les Forces tumultueuses*.

et du moi, et, au-dessus de ceux-ci, les chants qui
montrent l'univers et le moi en harmonie et qui
empruntent leur beauté à cette union. *Le sentiment
lyrique est devenu cosmique ; la connaissance aboutit
à l'extase.* Après avoir connu que rien ne saurait
demeurer dans l'isolement, que tout est soumis à
l'ordre d'une loi unique et universelle, le poète s'élève
à une connaissance supérieure : la foi. Au-dessus de
l'*observation* cosmique, il atteint le sentiment cosmique. La conclusion de ces œuvres se résout en un
magnifique optimisme, en une confiance religieuse
qui proclame que tous les organismes seront réglés,
que l'homme de plus en plus prendra conscience de
la terre, et que chacun saura découvrir en soi-même
la loi cosmique qui lui permettra de tout saisir dans
le lyrisme, l'enthousiasme et la joie.

Ici, la poésie de Verhaeren dépasse infiniment les
bornes de la littérature. C'est de la philosophie : c'est
même de la religion. De tout temps et dès l'origine,
Verhaeren fit preuve d'un esprit éminemment religieux. Durant son enfance, c'est le catholicisme qui lui
inspira le sentiment le plus profondément vital ; la
communion fut l'acte le plus sacré de son existence :

> *Oh ! comme alors mon âme était anéantie*
> *Dans la douceur et la ferveur !*
> *Comme je me jugeais pauvre et indigne*
> *De m'en aller si près de Dieu !*
> *Comme mon cœur était doux et pieux*
> *Et rayonnant parmi les grappes de sa vigne !*
> *Je me cachais pour sangloter d'amour ;*
> *J'aurais voulu prier toute ma vie,*
> *À l'aube, au soir, la nuit, le jour,*

> *Les mains jointes, les deux yeux ravis*
> *Par la tragique image*
> *Du Christ saignant vers moi tout son pardon*[1].

La crise de l'adolescence emporta tout ce catholicisme. Devant la contemplation et l'admiration de
tant de nouveautés, la religiosité s'affaça. Devant la
vie, le sentiment extatique disparut. Maintenant, Verhaeren est revenu aux spéculations de la métaphysique. Le désir ancien renaît en lui. Pourtant les dieux
d'autrefois sont morts : Pan et le Christ. Alors il sent
le besoin de trouver dans cette identité du moi avec
l'univers une certitude nouvelle, un Dieu nouveau.
Les conflits récents l'obligent à souhaiter un nouvel
équilibre : la violence de ses sentiments religieux lui
fait un besoin de la croyance. Contre toutes les réalités, il veut élever, pour y croire, toutes les possibilités. Pour qu'il puisse se donner à toutes les choses,
à tout, il lui faut nécessairement une nouvelle connaissance. L'image du monde serait imparfaite, sans un
Dieu qui la domine. La réalité n'est qu'un des aspects
changeants de l'éternité, et tout le désir du poète est
d'en trouver la nouvelle forme. Ce désir est bientôt
satisfait : ce Dieu, Verhaeren le découvre dans
l'humanité même, et cette certitude lui donne la joie
la plus haute, la fierté suprême de la vie :

> *Voici l'heure qui bout de sang et de jeunesse,*
> . . . .
> *Un vaste espoir, venu de l'inconnu, déplace*
> *L'équilibre ancien dont les âmes sont lasses ;*

---

1. « Les Pâques », *Les Tendresses premières*.

La nature paraît sculpter
Un visage nouveau à son éternité[1] ;

Sculpter ce nouveau visage est l'effort des derniers ouvrages de Verhaeren, des livres de sa maturité. La négation tenace de jadis y fait place à l'affirmation joyeuse et sonore de la vie, et tout ce que le passé comptait de possibilités magnifiques s'est désormais réalisé avec une richesse jusqu'ici insoupçonnée.

---

1. « La foule », *Les Visages de la vie.*

CHAPITRE II

Le lyrisme universel

Il faut aimer, pour découvrir avec génie.

« Un soir »

Pour comprendre l'œuvre de Verhaeren comme œuvre d'art, il ne faut pas perdre de vue que ce poète est un pur lyrique. Et, par lyrique, il ne faut pas entendre seulement un homme qui écrit en vers, mais, dans une acception plus élevée, un homme pour qui tout devient une source d'émotion lyrique, un homme qui se sent en communion avec l'âme universelle des choses. Il existe des affinités secrètes entre la constitution intime d'un individu et ses instincts, le but de ses énergies, sa conception du monde. Un mathématicien sera tout naturellement conduit à créer une certaine harmonie, une certaine loi de constance, entre les rapports de toutes les valeurs du Cosmos. Verhaeren, poète lyrique, anime de son lyrisme toutes les forces de l'univers. Ne disons pas qu'il s'est limité à la poésie. Bien au contraire, il en a brisé les cadres étroits, il a vivifié toutes les formes littéraires, au souffle ardent de son inspiration. Dans toute son œuvre, on ne peut citer qu'un ouvrage qui soit écrit en prose. C'est un petit recueil de nouvelles, qui date de ses débuts, et qu'on ne trouve plus en librairie. Verhaeren le considérait, d'ailleurs, comme un essai : il n'avait pas encore trouvé sa formule définitive ; nous en avons la preuve, puisque lui-même mit plus tard en vers l'une des nouvelles de ce recueil, l'histoire du sonneur dans la tour brûlante. Je citerais maints poèmes de lui, qui, à vrai dire, ne sont pas autre chose que des nouvelles, et d'autres où l'on suit une intrigue, le jeu d'une action dramatique et d'où la poésie paraît absente ; mais en tous on sent vibrer un sentiment poétique, tous sont lyriquement conçus. Son enthousiasme éclate même dans sa critique artistique et dans cet admirable ouvrage sur Rembrandt, où, s'abandonnant à des souvenirs personnels, il nous révèle la force des liens qui attachent l'artiste au milieu dans lequel il se développe. Et plus d'un de ses poèmes n'est qu'une formule esthétique immatérialisée. L'origine du langage, le phénomène social de l'émigration, l'antagonisme économique de l'agriculture et de l'industrialisme, voilà des questions qui ne semblent se prêter qu'à des études réfléchies, méthodiques et synthétiques. *Mais Verhaeren*, et c'est le trait dominant de sa nature, *ne peut traiter avec calme un sujet : consciemment ou non, il s'enthousiasmera, et son émotion l'arrachera à la banalité des contingences.* Poésie, philosophie, art, tout pour lui devient une source de poésie. D'ailleurs, tous les grands poètes d'aujourd'hui, Walt Whitman, Dehmel, Carducci, Rilke, Stefan George, quand ils sont parvenus à un certain développement artistique, n'admettent plus, pour leur inspiration, d'autre forme que le lyrisme. Le lyrisme, adopté comme formule esthétique, ne se développe que par l'abandon de toute autre forme poétique.

De l'œuvre de Verhaeren se dégage un lyrisme universel, un enthousiasme débordant, une vision grandiose du monde évoluant, à travers toutes choses, dans un effort puissant et continuel. Le poète ne se propose pas de décrire l'univers à travers des poèmes isolés, de l'analyser en impressions multiples, mais de le résumer en un poème magnifique. Il n'observe pas : il s'émeut. Un tel lyrisme ne peut puiser sa force que dans des émotions violentes. Ce n'est pas, comme chez beaucoup, dans de tièdes crépuscules, dans de troublantes mélancolies, que jaillira l'expression lyrique. Une joie impétueuse de vivre exalte le poète : ardeur qui s'exaspéra jusqu'au paroxysme au cours de sa crise, se changea plus tard en un pur enthousiasme, mais qui fut toujours une ardeur vitale.

Les impressions, chez Verhaeren, n'agissent pas seulement sur les centres nerveux : elles échauffent le sang, contractent les muscles, déterminent une tension violente qui libère de toutes ses énergies latentes un cerveau plein de force et de santé. Le désir de créer de la force est l'émotion lyrique essentielle de Verhaeren. Il veut enthousiasmer les autres, il veut s'enthousiasmer lui-même, car l'enthousiasme est toujours un état plus avancé de l'extase. S'exalter, exercer ce « pouvoir magique de s'hypnotiser soi-même[1] », telle est la fin de son lyrisme. Lorsqu'il s'abandonne

---

1. Albert Mockel, *Émile Verhaeren.*

à son inspiration, il se parle à lui-même, il se donne cette impulsion dont les autres ressentiront le contre-coup. Maintenant, point de regrets stériles dans son œuvre, point de plainte, point de désir : partout une force, une richesse débordante. Jamais de décourage-ment : toujours un incessant effort vers la vie. Sa poésie n'incline pas à la rêverie, comme la musique ; elle ne symbolise pas, comme la peinture : elle agit, à la façon d'un vin généreux.

Son lyrisme fortifie et décuple toutes les sensations, il triomphe de tous les obstacles, il aboutit à un allé-gement, à une béatitude, à une ivresse délicieuse, détachée de tout lien matériel. Cette ivresse à laquelle il s'élève est, pour le poète, « non seulement la glori-fication de la nature, mais la glorification même d'une vision intérieure ». Son attitude n'est point l'indiffé-rence ou la douleur : c'est le geste sublime et irrésis-tible d'une main qui se tend vers le monde, qui adjure l'humanité, animant et réchauffant tous les courages. Geste toujours spontané et communicatif par lequel le poète s'élance vers les choses, se dégageant de la matière. Celui qui pénètre cette poésie sent battre ses artères, éprouve un besoin irréfléchi d'activité, se sent gagné par un enthousiasme qui le pousse à l'action. Et c'est là le terme de cette poésie : vivifier les sen-sations, animer l'esprit, réchauffer le cœur, déve-lopper les énergies et décupler les forces vitales.

Ce n'est pas seulement cette émotion essentielle qui distingue Verhaeren de tous les poètes qui trans-posent dans leurs vers des tristesses, des désirs, des intrigues et de la douleur. Verhaeren se meut dans une autre sphère : je dirais volontiers qu'il faut voir en lui un poète du jour. Nos poètes modernes semblent s'exalter dans les ténèbres : leur esprit indécis se plaît à la pénombre des crépuscules, où les choses s'adoucissent, et revêtent naturellement une forme poétique. Comme Tristan, ils ont horreur de la lumière, qui dissipe le rêve ; ils s'entourent de clair-obscur. Les vrais lyriques, au contraire, ont toujours chanté le jour : tels les Grecs, auxquels le monde apparaissait, sous l'éclat du soleil, dans son éternelle et joyeuse beauté : tels tous ceux qui, comme l'Américain Walt Whitman, se sentent pleins de force et d'énergie. Dehmel est un des rares en Allemagne qui ose regarder l'univers en face, sans crainte d'en être blessé. Verhaeren, lui, se sent attiré par la netteté et l'intensité des impressions, par l'éclat des couleurs. Il ne considère pas les choses dans leur sommeil, alors qu'elles s'offrent d'elles-mêmes à l'inspiration du poète, il les contemple au grand jour, alors qu'elles semblent se défendre et se raidir contre les atteintes du lyrisme. Il goûte le jour, qui accuse les contrastes, la lumière, qui réchauffe le sang, la pluie, qui pénètre la peau, le vent, qui fouette les nerfs ; il aime le froid, le bruit, tout ce qui nous heurte violemment et nous force à réagir. Aux formes souples et molles, il préfère les contours arrêtés. Il sourit à la sombre et menaçante Tolède plutôt qu'à la douce Florence aux rêves d'or. Son esprit mâle et combatif se plaît aux paysages tourmentés et tragiques ; il recherche les grandes villes bruyantes, où l'air est chargé de fumées et d'émanations délétères.

Sa nervosité n'a rien de maladif. Il ne vibre pas, à la moindre excitation, pour se trouver ensuite désarmé devant une impression trop violente. Ses sens ne sont pas non plus émoussés : ils sont sains et normaux, ils ressentent profondément les sensations vives du dehors. Au rebours des autres poètes qui s'exaltent à la plus petite sollicitation et restent impuissants en face d'un spectacle qui dépasse leur sensibilité, Verhaeren ne se laisse pas facilement impressionner, mais s'il est violemment heurté, il réagit fortement. *L'art est, à ses yeux, un combat.* Il n'aime pas les choses « poétiques » qui se présentent à lui dans tout le charme de leur beauté, mais bien celles qu'il faut conquérir et dominer. Par là s'affirme le caractère vraiment mâle de son art. Personne, en lisant son œuvre, ne serait tenté de l'attribuer à une femme, et il faut bien d'ailleurs reconnaître que notre poète n'a pas encore trouvé un public féminin. Ce n'est pas un élégiaque en effet, c'est un lutteur aux prises avec toutes les forces vives, et leur arrachant les voiles de leur intime beauté.

Cette recherche et cette conquête d'impressions individuelles devient bientôt la conquête du monde entier. Car Verhaeren se refuse à rejeter une sensation quelconque sous prétexte qu'elle apparaîtrait comme dépourvue de lyrisme : il ne veut pas distraire quelque élément de cette masse homogène que forme la réalité. Cette réalité, il la forge au gré de son inspiration, il la coule dans le moule d'un vaste poème lyrique. Voilà le secret de son œuvre, voilà le but de ses efforts. Et nous sentons, du même coup, combien il s'éloigne de la généralité des poètes. Ceux-ci s'abandonnent au monde extérieur : ils recueillent les sensations qui voltigent autour d'eux, comme de légers papillons, et viennent se fixer dans leurs vers, épinglées avec amour. Verhaeren, lui, saisit l'âme universelle des choses : il transforme l'univers, et le recrée par l'effort de son enthousiasme. Il est le poète lyrique que Carducci décrit en des vers inoubliables ; non pas le fainéant qui somnole, non pas le jardinier qui fleurit les parterres et cueille, pour les dames, des violettes aux corolles tremblantes.

> *Il poèta e un grande artiere,*
> *Che al mestiere*
> *Fece i muscoli d'acciaio,*
> *Capo ha fier, collo robusto,*
> *Nudo il busto,*
> *Duro il braccio, e l'occhio gaio.*

Ce « piccia, piccia », ce rythme de Carducci, ce marteau d'airain retombant sur l'enclume, nous révèle le mouvement poétique de Verhaeren. *Tous ses poèmes sentent le travail, la lutte acharnée* : le poète ne s'y raconte pas. Ses manuscrits évoquent l'image d'un champ de bataille. Ce n'est pas un poète de circonstances, comme Goethe : il ne s'abandonne pas à une impression soudaine et fugitive : il anime de son lyrisme une idée complexe, qu'il s'agisse d'une perception sensible ou d'une donnée philosophique. Sa passion avive d'abord cette pensée, que son lyrisme forge ensuite sous le marteau sonore du rythme et métamorphose en poème. Les « Flamandes », les « moines » le séduisent comme autant de problèmes particuliers : ce sont comme des champs de lyrisme qu'il circonscrit, qu'il laboure, qu'il ensemence pour les abandonner ensuite à tout jamais. Car un sujet a cessé de l'intéresser dès qu'il en a fait jaillir toute la poésie latente. La lutte, pour lui, est continuelle, et ce sont chaque jour des projets nouveaux à ébaucher, une tâche nouvelle à entreprendre. Cette méthode ne plaira sans doute pas à l'amateur profane, qui voit dans le lyrisme une source d'émotion préexistante : elle séduira l'artiste, qui en appréciera la vigoureuse concision, l'effort synthétique et conscient se traduisant, non pas en un poème, mais en une œuvre lyrique complète. L'art de Verhaeren, le travail de sa vie ne sauraient s'expliquer par un sentiment quelconque, non plus que par un simple enthousiasme. Une telle conception a ses lois tout comme une pièce de théâtre, et ces lois ont leur principe dans les forces vives de l'intelligence, dans cet instinct d'acquisition et de distribution rationnelle des connaissances, et surtout dans ce besoin d'unité qui n'admet aucune lacune, aucune incertitude. Dans l'œuvre de Verhaeren s'affirme une volonté lyrique d'une puissance admirable. Il n'a pas exploité une formule esthétique toute faite : ses veines étaient gonflées d'un lourd sang germanique, et, de même que l'adresse physique lui manquait, lui faisait défaut fort heureusement cette facilité de l'artiste qui s'élève rapidement à un niveau moyen. Son œuvre, sa forme, son rythme, sa conception du monde, sa philosophie et son éthique, tout en lui atteste le travail, la création pénible d'une passion ardente et d'une volonté tenace ; mais la vie s'y manifeste aussi, dans toute sa puissance organique. Car Verhaeren est de ceux qui apprennent lentement et sûrement, non point avec l'expérience des autres, mais avec leur expérience personnelle. De tels esprits n'oublient pas, ils ne laissent rien se perdre. Ils croissent comme les forces de la nature, semblables à ces vieux arbres dont la sève s'épanouit d'anneau en anneau et qui, chaque année, s'élèvent plus haut vers le ciel, dans un horizon plus vaste et plus infini.

L'œuvre de Verhaeren est le produit d'un labeur continu, acharné, qui puisa sa force dans les sources mêmes de la vie : aussi est-il aisé d'en suivre le développement et la croissance, dans sa trame harmonieuse et vivante. Mieux qu'aucune œuvre lyrique moderne, elle semble dans son évolution profondément humaine symboliser l'enchaînement des saisons. C'est l'éveil du printemps, la torpeur de l'été, puis la maturité de l'automne, et la clarté froide de l'hiver, se succédant par dégradations insensibles.

À ses débuts, alors que d'autres sont déjà parvenus au terme de leur évolution littéraire, Verhaeren dut lutter pour donner à sa pensée une forme personnelle. Il ne pénétra pas du premier coup dans l'intimité du monde extérieur : longtemps il s'absorba dans la contemplation pittoresque de ses manifestations purement externes. Puis il s'essaya, comme un élève, et s'affermit bientôt, se dégageant brusquement de toute entrave.

Nous le voyons ensuite, dans le plein épanouissement de son évolution littéraire et de sa perception du monde : il se crée une forme propre, l'univers se révèle à lui dans l'harmonieuse correspondance de ses lois internes et de ses apparences sensibles. Élève autrefois, le voici maître de la matière, capable de découvrir et d'enseigner les énergies latentes de l'univers, les principes des forces vives, et l'immatérielle éternité de la matière changeante. De la contemplation passive, il s'est haussé jusqu'à la création artistique et passionnée. La fin de l'art n'est-elle pas de nous dévoiler les lois du monde, de convertir en forces

conscientes les forces inconscientes ? De la réalité, l'art
s'élève aux sphères suprasensibles, à la loi, à la religion.
Comme tous les poètes auxquels la vie s'est révélée
dans son organique splendeur, Verhaeren, dans son
propre développement, suit les stades qui marquent
l'évolution ascensionnelle de l'humanité.

CHAPITRE III

Synthèse

> *... réunir notre esprit et le monde,*
> *Dans les deux mains d'une très simple loi profonde.*
>
> « L'attente »

Après les évocations grandioses de la vie urbaine et de la prodigieuse évolution de la démocratie, il y eut comme un temps d'arrêt dans l'effort littéraire de Verhaeren. C'est un intermède lyrique d'opuscules où de courts poèmes célèbrent les douze mois de l'année, chantent les joies confiantes de l'amour conjugal, et font revivre les légendes flamandes en des récits pittoresques. Puis, c'est *Toute la Flandre*, ce monument élevé à la gloire de la patrie, où apparaissent, en une succession de tableaux, les villes, les rivages, les héros et les grands hommes du pays.

Mais bientôt Verhaeren poursuit son chemin à travers le monde terrestre : il traverse de nouveau les villes bruyantes, les champs fertiles qui bordent la mer, et les paysages qui se déroulent dans *Les Flamandes, Les Moines, Les Villes tentaculaires, Les*

Campagnes hallucinées. Ainsi la spirale revient à son point de départ, si l'on s'en tient à la définition que Goethe donne de l'évolution, mais c'est sur un plan supérieur, dans un cercle plus étroit, plus élevé, plus proche de la limite idéale et finale.

Verhaeren embrasse de nouveau le monde moderne, mais son regard, au-delà des apparences, pénètre les causes. L'univers ne lui donnait auparavant qu'un ensemble de perceptions sensibles, qu'il transvaluait en données éthiques : il s'offre maintenant à lui, dans sa signification métaphysique, dont il dégage toute la valeur morale.

Ce n'est plus une vision fragmentaire où le poète rassemble, comme en un jeu de cartes, les images et les évocations qu'enfante son imagination : c'est une chaîne vivante reliant tous les anneaux épars. Les apparences ne se présentent plus isolées et détachées, mais dans le cercle d'une fin suprême qui les enchaîne. Aussi son inspiration ne va-t-elle plus éclore en des poésies séparées, mais en poèmes qui seront des chapitres d'un poème universel. Car le monde revêt à ses yeux d'autres formes, depuis qu'il l'entrevoit dans un enthousiasme conscient. Le surmenage de l'époque ne lui apparaît plus comme un phénomène isolé, mais comme la manifestation d'un principe permanent d'activité, d'une énergie vitale ; ce n'est plus un accident, c'est l'affirmation d'une tendance originelle reflétant les aspirations de l'humanité tout entière. Et, de même que son inspiration lui faisait entrevoir une synthèse de l'énergie, de même la connaissance des lois qui régissent l'univers le conduit à un principe suprême, à une loi cosmique.

Les lois créées par l'exaltation lyrique enveloppent la réalité comme une voûte céleste. Elles ne reflètent plus les imaginations confuses de l'adolescent que trouble le spectacle de la vie ; on n'y sent plus des aspirations inconscientes, vagues, obscurément inquiètes, mais cette ardeur impatiente qui pousse l'homme à franchir les limites de la vie pour s'élever jusqu'à la frontière qui sépare le monde terrestre de l'irréel. C'est l'utopie, asservissant toutes les réalités, c'est le monde transformé par un rêve divin. Verhaeren découvre dans tout l'univers un effort cosmique. « Le monde est trépidant de trains et de navires[1]. » De tous côtés l'humanité se meut et s'agite : partout éclate l'énergie vitale, partout se poursuit la marche vers l'invisible, et peut-être vers l'inaccessible. Ces forces, qui lui apparaissaient autrefois séparément, se révèlent maintenant à lui dans leur intime cohésion ; à travers les actes inconscients des individus, il entrevoit un idéal : le but de l'humanité. Dans toutes les manifestations de la vie matérielle il découvre des forces éternelles : ivresse, énergie, triomphe, joie, erreur, attente, illusion. Et ces forces, ou plutôt ces formes d'une force essentielle, animent toute sa poésie. C'est ainsi que, dans *Les Visages de la vie*, il analyse le désir sous ses multiples aspects et ses fins diverses. Il suit ce sentiment dans les différentes sphères de l'activité humaine : il décrit toutes les inquiétudes, toutes les aspirations, toute la beauté du désir.

Mais ce ne sont pas seulement les manifestations humaines qui se révèlent à lui dans une connexité plus étroite. S'il traite un sujet qu'il avait abordé déjà dans ses ouvrages antérieurs, et qu'on compare, à son

---

1. « La conquête », *La Multiple Splendeur*.

inspiration première, la forme définitive de sa pensée, on est frappé des progrès qu'atteste l'évolution des dernières années. Ainsi le vent lui avait inspiré un de ses premiers lieder : c'était alors un ouragan funeste, qui renversait les chaumières, ébranlait les cheminées, s'engouffrait violemment dans les maisons, et dévastait les champs, au souffle glacé de l'hiver. Force aveugle, splendide, mais inutile ; accident inexplicable, phénomène isolé de la nature. Maintenant le poète aperçoit, dans sa vision mondiale, le voyageur cheminant à travers l'éternité : le vent pousse les navires sur les mers ; il a traversé tous les pays ; il s'est imprégné du parfum des fleurs lointaines, qu'il nous apporte ; il pénètre en nous, comme une épice, nous ranimant et nous vivifiant. Le poète aime en lui une de ces forces qui contribuent à accroître le sentiment vital.

> *Si j'aime, admire et chante avec folie,*
> *Le vent,*
> . . . .
> *C'est qu'il grandit mon être entier et c'est qu'avant*
> *De s'infiltrer, par mes poumons et par mes pores,*
> *Jusques au sang dont vit mon corps,*
> *Avec sa force rude ou sa douceur profonde,*
> *Immensément, il a étreint le monde*[1].

L'arbre devient le symbole du renouvellement éternel de la force, de la lutte contre les rigueurs de l'hiver et du destin, de l'effort vers les beautés nouvelles du printemps. La montagne n'est plus pour lui une modification arbitraire des lignes d'un paysage, c'est

---

1. « À la gloire du vent », *ibid.*

une puissance qui enferme dans ses profondeurs les minerais et les sources, et dont les hauteurs offrent aux regards les vastes horizons des perspectives lointaines. La forêt, c'est le labyrinthe aux sentiers innombrables, c'est le chœur des voix multiples de la vie. Tout, dans la nature, nous rajeunit et développe notre vitalité.

Une transformation absolue des valeurs se produit, dans l'inspiration du poète, depuis qu'il voit le monde dans toute sa connexité. Le voyage, qui n'était pour lui qu'une fuite devant les réalités, devient la recherche des nouveautés lointaines, des possibilités inconnues. Le rêve n'est plus l'illusion, mais le passage de la réalité présente à la réalité future. L'Europe n'est plus à ses yeux un groupement de nations, une abstraction géographique : c'est le symbole grandiose de la conquête. Il ne méprise pas l'or et l'argent comme des agents de matérialisation dans la vie, mais estime en eux des stimulants qui nous poussent à de nouvelles ambitions. La mer, dont le rythme troublant se répercute sur toutes les côtes, n'est plus la force avide qui ronge la terre : c'est le flot sacré, symbole d'une énergie en perpétuel mouvement, c'est « la mer nue et pure, comme une idée[1] ». Dans la cohésion intime de toutes choses, le poète se sent en communion avec l'univers : il ne la perçoit plus, il l'aime ; la mer lui donne une impression physique.

Ma peau, mes mains et mes cheveux
Sentent la mer
Et sa couleur est dans mes yeux[2] ;

---

1. « L'eau », *Les Visages de la vie.*
2. « Au bord du quai », *ibid.*

De même que, chaque fois qu'il entre en contact avec les flots, il sent se renouveler son sentiment vital, de même il croit à une résurrection du corps au sein de la mer ; et l'émergence hors des flots lui apparaît comme un « nouveau moment de conscience ». Verhaeren est revenu à la conception d'une connexité universelle : il ne voit plus, dans la nature et dans l'humanité, d'apparences qui ne soient des symboles de l'instinct primordial de la vie, qui ne puissent stimuler et développer sa vitalité.

Ce sentiment détermine toutes ses impressions, et cette unité de ses sensations le porte à une harmonie analogue dans sa conception du monde. *À l'unité de l'enthousiasme correspond l'unité de l'univers, le sentiment moniste.* Toute sensation nouvelle l'anime, l'élève, accroît son sentiment vital, de même toutes les manifestations, tous les actes doivent aboutir à une synthèse. Les diverses forces en présence créent une force unique : les lois multiples du monde se résument en une seule loi.

> *Toute la vie, avec ses lois, avec ses formes,*
> *– Multiples doigts noueux de quelque main énorme –*
> *S'entr'ouvre et se referme en un poing : l'unité*[1].

Au reste, cette énergie humaine, qui éclate dans toutes les formes de l'activité, n'est qu'une lutte générale contre un élément extérieur, contre un obstacle qui rend la vie plus difficile, plus stérile, et plus douloureuse : obstacle qui comprime le sentiment vital. Cet élément, qui s'oppose au développement de

---

1. « La conquête », *Les Forces tumultueuses.*

l'humanité, c'est, pour Verhaeren, la domination de la nature, les mystères de l'intervention divine, la sujétion de l'homme à la fatalité, bref cette divinité étrangère. Dès que l'humanité ne dépendra que d'elle-même et de ses propres forces, elle goûtera pleinement toutes les joies de la nature.

La lutte de l'homme pour parvenir à la divinité, pour conquérir son indépendance et s'affranchir du hasard et du surnaturel, voilà la grande conception métaphysique qui se dégage de l'œuvre de Verhaeren. Ses derniers ouvrages n'ont d'autre objet que ce combat suprême livré par l'humanité pour se libérer de toutes les entraves forgées par la nature et qui s'opposent à son effort vers les éléments premiers des choses. Combat héroïque et décisif.

> *Rien n'est plus haut, malgré l'angoisse et le tourment,*
> *Que la bataille avec l'énigme et les ténèbres*[1].

C'est la lutte contre l'obscurité, contre l'inconnu, contre les cieux, contre les lois qui stérilisent les énergies. Et, depuis mille ans, l'humanité marche inconsciemment vers ce but unique : l'indépendance qui la rendra maîtresse de ses destinées.

> *L'homme dans l'univers n'a qu'un maître, lui-même,*
> *Et l'univers entier est ce maître, dans lui*[2].

Aujourd'hui encore, nous sommes à la merci du sort, d'aucuns diront de la Divinité. Triompher du

---

1. « Les cultes », *ibid.*
2. « Les villes », *ibid.*

sort, et substituer à ses caprices la loi de notre volonté propre, voilà le grand effort qui s'impose à nous dans l'avenir. Déjà nous avons remporté quelques victoires. Nous avons détourné la foudre, la force céleste la plus redoutable ; nous avons supprimé les distances, nous avons transformé les énergies naturelles, et, grâce aux mutualités, nous avons conjuré les fléaux de la nature. Chaque année est marquée par un progrès nouveau dans l'étude et dans le traitement des maladies ; et des éléments qui échappaient à toute prévision se soumettent aux calculs de la science.

Mais cet inconnu doit être de plus en plus la proie de l'homme, qui s'efforce de « fouiller l'inconnu[1] ». Le regard humain pénètre toujours plus avant dans les ténèbres souterraines et dans les mystères de l'univers.

> Or aujourd'hui c'est la réalité
> Secrète encor, mais néanmoins enclose
> Au cours perpétuel et rythmique des choses,
> Qu'on veut, avec ténacité,
> Saisir, pour ordonner la vie et sa beauté
> Selon les causes[2].

Tous les hommes sont des soldats dans cette bataille pour l'affranchissement de l'humanité : tous combattent côte à côte, en rangs invisibles. Que l'un d'eux dérobe à la nature un secret scientifique, que tel autre crée une loi nouvelle ou anime l'univers au souffle de sa poésie, chacun arrachera un lambeau du voile qui couvre la réalité. À chaque pas que

---

1. « La ferveur », *La Multiple Splendeur*.
2. « La folie », *Les Forces tumultueuses*.

l'humanité fait à travers les ténèbres, à chaque victoire qu'elle remporte, la divinité perd de son pouvoir sur elle, jusqu'à ce qu'enfin il ne reste plus rien du Dieu de jadis, et que les mots d'humanité et de divinité se confondent insensiblement en une expression identique.

> *Héros, savant, artiste, apôtre, aventurier,*
> *Chacun troue à son tour le mur noir des mystères*
> *Et, grâce à ces labeurs groupés ou solitaires,*
> *L'être nouveau se sent l'univers tout entier[1].*

Si l'on s'élève à une conception aussi haute, les diverses professions humaines prennent une valeur poétique nouvelle.

Au premier rang des combattants se présentent ceux qui se sont donné pour loi d'élargir le cercle de nos connaissances : ce sont les hommes de science. Seul peut-être parmi les poètes modernes, Verhaeren a élevé la science au même niveau que la poésie. *Lui qui découvrait jadis dans l'industrialisme et dans la démocratie une nouvelle valeur esthétique, il découvre aussi à la science une valeur nouvelle, au point de vue moral et religieux.* La science était un obstacle pour la plupart des poètes, qui redoutaient les lumières de la réalité. Elle dissipait les mythes, elle ébranlait les superstitions idéales, inséparables à leurs yeux de la poésie. Ils la trouvaient laide, parce qu'elle se présentait sans artifice et qu'ils n'en pénétraient pas la beauté intrinsèque. Aussi la valeur morale n'est-elle point ici dans la méthode, mais dans la fin. La science,

---

1. « Vers le futur », *Les Villes tentaculaires.*

pour Verhaeren, c'est le glorieux combat des héros
nouveaux vers une conception nouvelle des choses :
« Le monde entier est repensé par leurs cervelles[1]. »
Il n'ignore pas que ces expérimentations fragmentaires qui, dans mille endroits à la fois, sanatoria, salles
de cours, observatoires, laboratoires, se poursuivent
aujourd'hui avec le concours de microscopes, d'ana-
lyses chimiques, de clichés photographiques, de
pesées, de calculs, il sait que ces expériences, renou-
velées et rapprochées les unes des autres, mettront
sur la voie de grandes découvertes qui contribueront
à accroître notre sentiment vital. Cet hymne qu'il
consacre à la science est aussi un hymne à notre
époque. Car, en aucun temps, l'homme n'a lutté avec
une conscience plus vive pour élargir ses connaissances : jamais il ne montra plus d'ardeur pour
acquérir des données nouvelles, pour aboutir à une
nouvelle transvaluation.

> *L'acharnement à mieux peser, à mieux savoir*
> *Fouille l'ample forêt comme à nouveau des êtres[2].*

En paroles inspirées, Verhaeren célèbre la science
comme le plus grand effort des temps présents et des
temps passés. Il sait en effet que les formules que
nous acceptons aujourd'hui comme les plus incontes-
tables sont le prix d'une conquête laborieuse qui se
poursuivait il y a mille ans ; il sait que ce sol que nous
foulons aux pieds, avec insouciance, fut arrosé jadis
du sang de martyrs.

---

1. « La conquête », *Les Forces tumultueuses*.
2. « Vers le futur », *Les Villes tentaculaires*.

Dites ! quels temps versés au gouffre des années,
Et quelle angoisse ou quel espoir des destinées,
Et quels cerveaux chargés de noble lassitude
A-t-il fallu pour faire un peu de certitude ?
. . . .
Dites ! les feux et les bûchers ; dites ! les claies ;
Les regards fous, en des visages d'effroi blanc ;
Dites ! les corps martyrisés, dites ! les plaies
Criant la vérité, avec leur bouche en sang[1].

Il n'oublie pas non plus que les conquêtes d'aujourd'hui ne sont encore que des hypothèses devant les vérités de demain. L'erreur est inévitable, mais elle ouvre des horizons nouveaux. Ainsi que le dit fort justement le poète tchèque Brezina, tout but est une île flottante qui s'éloigne dès que nous approchons. Le but suprême, c'est l'effort, c'est la vie portée à son plus haut degré. Rien de banal dans l'optimisme de Verhaeren. Il est assez mystique pour comprendre que l'inconnaissable et l'inaccessible prêtent aux choses leur impénétrable beauté. Mais cette certitude ne doit pas altérer notre enthousiasme.

Partons quand même, avec notre âme inassouvie,
Puisque la force et que la vie
Sont au-delà des vérités et des erreurs[2].

Si certaines réalités nous demeurent éternellement intangibles, « plutôt que d'en peupler les coins par des chimères, nous préférons ne point savoir[3] ».

---

1. « La recherche », *ibid.*
2. « L'erreur », *Les Forces tumultueuses.*
3. « La ferveur », *La Multiple Splendeur.*

Plutôt un monde sans dieux qu'avec de faux dieux, plutôt une connaissance incomplète qu'une connaissance mensongère.

Ici d'ailleurs, où les héros de la science touchent aux limites du savoir humain, d'autres combattants se tiendront à leurs côtés et leur porteront secours. Ce sont les poètes, dont l'inspiration franchira les bornes assignées à la science. Ils devront découvrir *la synthèse entre la science et la religion*, entre les puissances terrestres et divines, *cette synthèse nouvelle qui peut se résumer ainsi : la foi religieuse en la science*. Leur optimisme forcera l'humanité à croire en elle, comme jadis elle croyait aux dieux, sans preuves : pour cette religion nouvelle, ils exigeront une foi semblable à celle que les Pères de l'Église réclamaient autrefois pour les croyances anciennes. Aux négations premières de Verhaeren succède une affirmation triomphante. Lui qui disait jadis, au début de son œuvre :

Toute science enferme au fond d'elle le doute,
Comme une mère enceinte étreint un enfant mort[1].

il est aujourd'hui parmi les plus enthousiastes et les plus optimistes.

Là où quelques rares esprits se débattent encore,

Oh ! ces luttes là-haut entre ces dieux humains[2] !

là où le savoir hésite sans trouver sa voie, les poètes doivent, avec un enthousiasme confiant, indiquer le

---

1. « Méditation », *Les Moines*.
2. « Les penseurs », *La Multiple Splendeur*.

chemin. À la certitude de la loi ils ajouteront les pressentiments du rêve ; tandis que d'autres provoqueront l'enthousiasme par leurs connaissances, eux provoqueront la connaissance par la force de leur conviction. S'ils viennent à manquer de preuves, la foi leur donnera l'assurance nécessaire. « Nous croyons déjà ce que d'autres sauront[1]. » Ils devinent l'inconnu, ils découvrent la vérité avant qu'elle se manifeste, ils formulent l'hypothèse avant qu'aucun argument ne l'appuie.

> *Pendant que se disputent et s'embrouillent encor,*
> *À coups de textes morts*
> *Et de dogmes, les sages[2].*

ils entrevoient déjà les idées nouvelles. Ils ont déjà des croyances qui s'imposeront dans la suite aux générations futures, et goûtent par avance des joies que seule la postérité connaîtra pleinement. Jamais le doute ne les effleure : ils prédisent avec certitude la conquête des airs, la disparition des maladies, une vie plus aisée et plus joyeuse ; ils n'imposent aucune limite au progrès, et leur inspiration triomphe de tous les obstacles. « Le cri de Faust n'est plus le nôtre[3] ! » Le problème du « oui » ou du « non » est depuis longtemps résolu par une affirmation énergique, s'écrie avec joie le poète : nous n'hésitons plus entre la possibilité et l'impossibilité de la connaissance ; et cette conviction confiante est la connaissance suprême de la vie. C'est

---

1. « La science », *Les Forces tumultueuses*.
2. « L'action », *Les Visages de la vie*.
3. « La science », *Les Forces tumultueuses*.

à cet optimisme des poètes que devront s'abandonner les autres novateurs, c'est dans ce rêve idéal qu'ils puiseront les énergies nécessaires. Ainsi tous les hommes s'uniront pour assiéger les ténèbres, pour parvenir jusqu'à la divinité, afin

> *D'emprisonner quand même, un jour, l'éternité,*
> *Dans le gel blanc d'une immobile vérité*[1].

Dans cette recherche de la vérité dernière, le Dieu-Homme qui doit se révéler à eux, les poètes et les savants sont les nouveaux saints d'une religion nouvelle, eux et tous ceux dont le front brûle de la fièvre du travail, dont les mains s'échauffent au feu des expériences, dont les nerfs se tendent à éclater, dont l'œil s'atrophie par la lecture des livres. C'est à eux que Verhaeren adresse cet hymne :

> *Qu'ils soient sacrés par les foules, ces hommes*
> *Qui scrutèrent les faits pour en tirer les lois*[2].

L'admiration de Verhaeren pour les ouvriers de l'œuvre nouvelle, pour les « saccageurs d'infini[3] » va plus loin. Ce n'est pas seulement le poète, ou le penseur, qui élargit l'horizon de la vie, ce sont tous ceux qui créent, qui travaillent. « Seul existe qui crée[4]. »

---

1. « Les penseurs », *La Multiple Splendeur.*
2. « La science », *Les Forces tumultueuses.*
3. « Et quel fervent éclair ils lançaient de leurs mains
Quand leur vaste raison, héroïque et profonde,
Saccageait l'infini et recréait le monde ! »
« Les penseurs », *La Multiple Splendeur.*
4. « La mort », *ibid.*

Son hymne s'adresse également aux ouvriers qui, sans comprendre le but de leur travail, peinent chaque jour dans les mines : eux aussi, ils édifient des constructions sur la surface du sol ; ils élèvent des montagnes sur des étendues planes, ils projettent sur la mer les feux des phares, ils construisent des machines et les grands télescopes qui servent à l'étude des astres ; tous forgent l'outillage de la connaissance et préparent l'ère nouvelle.

Les marchands aussi, qui lancent leurs navires sur les eaux, qui relient les régions les plus éloignées, tissent la trame de la grande unité. Les commerçants qui dispersent l'or, qui activent la circulation artérielle du monde, prennent part également à la lutte contre les ténèbres. Leur entente fait la force de l'humanité et prépare l'heure proche, inévitable. Car

Il viendra l'instant, où tant d'efforts savants et ingénus,
Tant de génie et de cerveaux tendus vers l'inconnu,
Quand même, auront bâti sur des bases profondes
Et jaillissant au ciel, la synthèse du monde[1] !

C'est l'heure où, dans des aurores embrasées, luiront les jours de l'avenir. Des milliers d'êtres travailleront, combattront, jusqu'à ce que vienne celui qui posera la pierre dernière de l'édifice, « le tranquille rebelle[2] », le Christ de cette nouvelle religion.

C'est que celui qu'on attendait n'est point venu,
Celui que la nature entière

---

1. « La recherche », *Les Villes tentaculaires*.
2. « L'attente », *Les Visages de la vie*.

Suscitera un jour, âme et rose trémière,
Sous les soleils puissants non encore connus ;
C'est que la race ardente et fine,
Dont il sera la fleur,
N'a point multiplié ses milliers de racines
Jusqu'au tréfonds des profondeurs[1].

Cette évocation s'élève, ardente et fervente, dans l'œuvre de Verhaeren. L'humanité chemine sans relâche. Jadis l'univers était, pour elle, rempli de la divinité. « Jadis tout l'inconnu était peuplé de dieux[2]. » Puis un Dieu unique s'empara du droit et de la puissance. Mais, d'année en année, l'humanité a surpris les secrets de cet inconnu. Peu à peu elle a soumis le sort à ses lois, la foi à la connaissance, la peur au courage. La puissance divine tombe insensiblement aux mains des hommes, qui, de plus en plus, gouvernent leur vie, jusqu'à ce qu'enfin ils soient maîtres de toutes choses : sans cesse ils se dégagent des liens qu'ils n'ont pas forgés eux-mêmes, ils s'affranchissent de la nature pour l'asservir à leur tour.

La volonté du sort
Devient de plus en plus la volonté humaine[3].

L'homme incarnera les dieux, il s'identifiera avec les destins : ses frères seront ses saints, et la terre son paradis. Cette idée, Verhaeren l'a exprimée sous une forme admirable dans son dernier volume, grâce au

---

1. « L'attente », *ibid.*
2. « La folie », *Les Forces tumultueuses.*
3. « Ma race », *ibid.*

symbole d'Adam et Ève. Ève, après avoir été chassée, retrouve un jour la porte du paradis, toute ouverte. Mais elle ne la franchit pas, car sa joie suprême, son paradis sont dans l'activité et dans la volupté terrestres. Jamais les voluptés de la vie et de la terre n'ont été plus fortement, plus ardemment exaltées que dans ce symbole. Jamais on n'a chanté avec plus d'enthousiasme que ce poète l'hymne de l'humanité – peut-être parce que plus que tout autre il avait prêché, avec une opiniâtreté farouche, la négation de la vie. Sans cesse, dans une harmonie, éclatent des notes opposées qui s'accordent. Le dernier conflit entre l'homme et la nature s'apaise dans le sentiment extatique de l'humanité divine.

Ainsi se referme, d'une façon imprévue, le cercle de l'évolution de Verhaeren. L'œuvre de l'homme mûr évoque ses jours d'adolescence sur les bancs du collège de Gand, où s'était assis également Maeterlinck, l'autre grand Flamand. Tous deux, après s'être égarés, se sont retrouvés au point culminant de leur existence, dans une même conception du monde. Car la pensée dernière de Maeterlinck, qui se reflète dans *La Sagesse et la Destinée*, est que le sort de l'homme est en lui-même, que son progrès dernier et son devoir suprême est de subjuguer le destin, la réalité, et Dieu. Cette pensée profonde, qui a fleuri, à deux reprises, sur la terre flamande, est le résultat de deux inspirations différentes. Maeterlinck l'a recueillie dans la mystique du silence, Verhaeren l'a fait jaillir du tumulte de la vie. Ce n'est pas dans la pénombre des rêves qu'il a trouvé son Dieu : c'est dans la lumière des rues, partout où l'homme travaille, partout où, parmi les heures pénibles, fleurit la fleur tremblante de la joie.

CHAPITRE IV

La ferveur érigée en éthique

La vie est à monter et non pas à descendre.

« Les rêves »

Il faut admirer tout pour s'exalter soi-même
Et se dresser plus haut que ceux qui ont vécu.

La vie

L'unité, voilà l'idéal métaphysique que Verhaeren s'est formé dans sa conception de la vie – conception d'abord synoptique et passionnée, puis de plus en plus méthodique et logique. Lui-même, au cours d'une enquête, se référait à cette idée, dont il faisait un des éléments de son programme poétique :

La poésie me semble devoir aboutir prochainement à un très clair panthéisme. De plus en plus les esprits droits et sains admettent l'unité du monde. Les anciennes divisions entre l'âme et le corps, entre Dieu et l'univers, s'effacent. L'homme est un fragment de l'architecture mondiale. Il a la conscience et l'intelligence de l'ensemble

*dont il fait partie... Il se sent enveloppé et dominé et en
même temps il enveloppe et il domine. Il devient en
quelque sorte, à force de prodiges, ce Dieu personnel
auquel ses ancêtres croyaient Or, je le demande, est-il
possible que l'exaltation lyrique reste longtemps indiffé-
rente à un tel déchaînement de puissance humaine et
tarde à célébrer un aussi vaste spectacle de grandeur ? Le
poète n'a qu'à se laisser envahir à cette heure par ce qu'il
vit, entend, imagine, devine, pour que les œuvres jeunes,
frémissantes, nouvelles, sortent de son cœur et de son
cerveau*[1].

Mais les grands poètes ne découvrent jamais de
principe intellectuel, de précepte moral, qui ne reflète
le fond même de leur nature intime.

De nombreux procédés d'investigation s'offrent
aux penseurs, aux observateurs réfléchis : il n'est,
pour le poète lyrique, d'autre philosophie poétique
de la vie qu'une observation s'élevant au lyrisme.
L'emploi des mesures et des calculs, une étude rai-
sonnée des lois de la pesanteur conduiront le philo-
sophe à l'unité de la connaissance. Le poète, lui, ne
discernera l'évolution du monde vers l'harmonie et
l'unité qu'à travers une extase et dans un enthousiasme débordant. Dans sa propre admiration, il
reconnaîtra une loi cosmique ; il fera de son lyrisme
une condition vitale. Pour le poète « toute la vie est
dans l'essor ». *Verhaeren, qui ne décrivit jamais les
choses dans leur état statique, mais dans leur activité*

---

1. G. Le Cardonnel et Ch. Vellay, *La Littérature contemporaine.*

interne, ne conçoit l'univers que dans une agitation
perpétuelle et passionnelle.

La passion a toujours gouverné ses rapports avec
le monde extérieur. Il s'est échauffé au contact de la
vie, comme un amoureux en présence de la femme
qu'il désire. Seule le satisfait la possession de ce pour
quoi il a lutté. Nous n'avons aucune action sur les
choses, tant que nous nous bornons à les regarder
avec un calme insouciant comme nous considérions
un spectacle, un tableau qui se déroulaient à nos yeux.
Pour saisir les rapports qu'elles ont avec nous, les
liens qui rattachent le poète à l'univers, et tous les
hommes entre eux, il faut passer de l'analyse à l'éva-
luation, il faut ressentir une sympathie ou une antipathie personnelles. Déjà, la première crise qu'avait
traversée Verhaeren lui avait révélé la stérilité de la
négation : au sortir de cette crise il avait compris que
nous ne pouvons vraiment prendre contact avec le
monde extérieur que si nous l'acceptons, que si nous
en affirmons l'existence, que s'il nous inspire de
l'amour ou de l'enthousiasme.

> *Pour vivre clair, ferme et juste,*
> *Avec mon cœur, j'admire tout*
> *Ce qui vibre, travaille et bout*
> *Dans la tendresse humaine et sur la terre auguste[1].*

Nous n'avons vraiment d'action sur les choses
qu'autant que nous en avons, à un point de vue très
général, pénétré la beauté, l'impérieuse nécessité, la
vie intime. L'univers réclame de nous une adhésion

---

1. « Autour de ma maison », *La Multiple Splendeur.*

absolue. *Aussi la loi de notre développement est-elle d'accroître notre pouvoir de compréhension et d'admiration, de nous sentir dans une communion de plus en plus étroite avec le monde extérieur.* Il ne suffit pas d'observer, ni même de comprendre. Un phénomène n'entre à vrai dire dans le domaine de notre conception que lorsqu'il est accepté par nous dans sa véritable signification, dans sa rigoureuse nécessité.

Pour dégager les lois des choses – et la beauté n'est jamais que l'incarnation d'une invisible loi naturelle – il faut d'abord les avoir reconnues avec enthousiasme, puis avoir accepté leur nécessité. « Il faut aimer, pour découvrir avec génie[1]. » Aussi devons-nous toujours nous efforcer de dominer les tendances négatives de notre nature, nous défendre contre toute exclusion, tuer en nous l'esprit critique, accroître notre sens du positif, et rendre l'affirmation possible. Là encore, Verhaeren rencontre l'idéal dernier de Nietzsche : « La préservation de soi, la défense des approches nécessitent une déperdition de forces, une déperdition de l'énergie, dans un but purement négatif[2]. » La critique est stérile. Sur ce point, comme sur tous les autres, Verhaeren est un relativiste de valeurs : il sait qu'elles se transforment sans cesse pour aboutir à une valeur suprême. *Et c'est pourquoi l'enthousiasme, qui n'est que le symbole de la survaluation, lui semble une force plus puissante pour nous acheminer vers la conception d'une justice supérieure que la justice soi-disant absolue.* Car, et c'est un point fondamental, il y a moins de risque que d'avantage à

---

1. « Un soir », *Les Forces tumultueuses*.
2. Nietzsche, *Ecce homo* (trad. Henri Albert).

exagérer, par notre admiration, l'importance des choses, étant donné d'ailleurs qu'elles conservent leur valeur intrinsèque, indépendante de nos sympathies ou de nos antipathies ; cette exagération à laquelle nous conduit notre imagination est en effet purement psychique. « Aimer, c'est s'asservir ; admirer, se grandir[1] » En développant sans cesse, avec une intensité toujours nouvelle, notre force d'admiration, nous nous enrichissons, et nous voyons au contraire s'appauvrir ces êtres pusillanimes qui n'ont que des conceptions fragmentaires et ne peuvent se représenter l'ordre général de l'univers. Plus on admire, plus on possède.

> *Il faut admirer tout pour s'exalter soi-même*
> *Et se dresser plus haut que ceux qui ont vécu*
> *De coupables souffrances et de désirs vaincus[2].*

L'admiration, dans sa signification la plus haute, c'est la subordination à une cause externe. *Plus on dompte son orgueil, plus on s'élève.* Il faut plus d'énergie pour se maîtriser soi-même et se dévouer, par admiration, que pour s'enorgueillir et mépriser les autres.

Et voici qu'un nouveau problème éthique apparaît pour Verhaeren. Il conçoit toute une gradation de valeurs, d'après le degré de liberté et de franchise qu'un homme peut mettre dans son admiration. Le plus avancé, à ce point de vue, c'est celui qui ne se dérobe à aucune impression, qui s'oublie lui-même

---

1. « La ferveur », *La Multiple Splendeur*.
2. « La vie », *ibid.*

dans toutes les manifestations de la vie. C'est dans cette ardeur à se donner que se marque le progrès moral.

> *Oh ! vivre et vivre et se sentir meilleur*
> *À mesure que bout plus fervemment le cœur ;*
> *Vivre plus clair, dès qu'on marche en conquête ;*
> *Vivre plus haut encore, dès que le sort s'entête*
> *À dessécher la force et l'audace des bras[1].*

Cet enthousiasme universel et continu doit être si vif qu'au terme de cette évolution, l'âme est saisie de vertige. La loi lyrique de l'extase suprême devient ainsi la norme éthique.

> *Il faut en tes élans te dépasser sans cesse,*
> *Être ton propre étonnement[2].*

Par sa conception d'un enthousiasme perpétuel, Verhaeren a créé l'équivalent poétique d'un autre instinct humain, également puissant : il a opposé un idéal éthique à un idéal métaphysique. Si, jusqu'ici, le désir de la connaissance, cette lutte sublime pour la conquête de l'inconnu, semblait seule capable de lier, par un rapport éternellement vivant, l'humanité et les forces nouvelles qui s'offraient à elle, une admiration continuelle, qui s'exalte jusqu'à l'extase, révèle un instinct peut-être plus précieux encore. *Admirer, c'est plus que comprendre et que connaître.* Il est plus beau de se donner entièrement, par amour, que de

---

1. « L'action », *Les Visages de la vie.*
2. « L'impossible », *Les Forces tumultueuses.*

s'abandonner à une curiosité universelle. « Tout affronter vaut mieux que tout comprendre[1]. » Car, au fond de toute connaissance, subsiste un reste d'égoïsme, une trace de l'orgueil que provoque la conquête, tandis que l'admiration ne renferme qu'un sentiment d'humilité, de cette humilité profonde qui contribue à l'épanouissement absolu de la vie.

La connaissance est souvent obligée de s'arrêter en face d'énigmes redoutables : les ténèbres obscurcissent à chaque instant la voie dans laquelle elle s'engage. Dans l'admiration, dans l'extase, aucune limite ne s'impose au moi. *Si maintes valeurs se refusent à la connaissance, aucune ne se dérobe entièrement à l'admiration.* Les moindres phénomènes prennent de l'importance, pour qui les considère avec sympathie. Et plus ils nous paraissent considérables, plus notre vie s'élargit, plus notre moi se développe dans l'infini. L'œuvre éthique suprême, pour un homme vraiment supérieur, sera de découvrir, dans chaque objet, la plus haute valeur qu'il recèle, de dégager cette valeur des obstacles dont l'entourent l'indifférence ou l'antipathie. La sublime grandeur d'un noble enthousiasme sera de ne point s'effrayer des résistances que la réalité semble lui opposer. Lorsque la beauté en est absente, on y découvre une force qui, par sa puissance, atteint encore à la beauté. Si la nature nous paraît parfois étrangère et laide, dans le sens que nous avons admis jusqu'ici, ce sera pour nous une œuvre admirable que de trouver en elle une signification esthétique nouvelle. *Découvrir, dans un monde nouveau, ces attraits ignorés,*

---

1. « Les rêves », *La Multiple Splendeur.*

voilà l'œuvre considérable d'un effort poétique qui par-
vient de l'état d'inconscience à l'état de conscience, qui,
de la connaissance, s'élève jusqu'à la loi.

Verhaeren a compris le caractère sublime de ces
grandes villes qui paraissent à tous stériles et déplai-
santes ; tous les poètes avaient horreur de la science,
qui leur semblait exclure le lyrisme : Verhaeren l'a
chantée comme la manifestation la plus noble de la
vie. Il n'ignore pas en effet que tout se métamorphose
sans cesse, que « ce qui fut hier le but est l'obstacle
demain[1] », et qu'inversement l'obstacle d'aujourd'hui
sera le but de la génération prochaine. Il a dégagé la
puissance poétique des conceptions où s'est marqué,
dans ces dernières années, au sein des cités nouvelles,
le mouvement architectonique. Il a compris les grands
magasins comme de vastes entrepôts pour la vie intellectuelle, comme des réserves nouvelles de forces
pour les diverses manifestations artistiques, ainsi que
furent jadis les cathédrales. Dans la fumée des grandes
villes, il a vu, pour les peintres, des colorations nouvelles, pour les philosophes, des problèmes qui ne
s'étaient pas encore posés. Il a prévu que les choses
dont la grandeur nous semble aujourd'hui sans attrait
se révéleraient bientôt à nous dans leur harmonique beauté. *L'enthousiasme pour les forces incon-*
nues triomphe, chez Verhaeren, de la résistance que lui
oppose le respect de la tradition. Il a rendu service à
notre époque en reconnaissant, en proclamant le premier les grands impressionnistes, tous les novateurs
de l'art et de la poésie. N'écarter aucune nouveauté,

---

1. « L'impossible », *Les Forces tumultueuses.*

n'être étranger à aucune manifestation, c'est pour lui comprendre le monde, en dégager la véritable vie. L'échelle des valeurs aboutit là-haut à cet idéal absolu de l'admiration universelle, admiration pour le futur en même temps que pour le présent, pour l'intime correspondance de chaque être avec son époque, avec son milieu.

Cette admiration infinie anéantit l'égoïsme, obstacle éternel aux relations vraiment humaines ; elle nous met en communication fraternelle avec le monde extérieur, elle rend également possible une certaine égalité dans les rapports entre hommes. *La Multiple Splendeur*, cet ouvrage où le poète a dégagé la formule définitive de ses conceptions éthiques, devait primitivement s'intituler : *Admirez-vous les uns les autres*. L'idéal le plus élevé y était ce don de soi-même qui se répand et s'offre au monde, à l'humanité entière. L'énergie, la force, et par suite la conquête, l'oppression, n'y affirment pas, comme dans les œuvres précédentes, le sens profond de la vie : il chante la bonté, l'effusion qui se livre et nous unit à tout. Seule, l'admiration extatique peut atteindre à un tel degré de grandeur.

Il faut aimer, pour découvrir avec génie[1].

L'admiration et l'amour sont les forces les plus puissantes du monde. L'amour sera la forme dernière des relations futures, il sera le principe de tous les rapports terrestres, le fondement de l'entente sociale.

---

1. « Un soir », *ibid*.

L'amour dont la puissance encore est inconnue,
Dans sa profondeur douce et sa charité nue,
Ira porter la joie égale aux résignés ;
Les sacs ventrus de l'or seront saignés
Un soir d'ardente et large équité rouge ;
Disparaîtront palais, banques, comptoirs et bouges ;
Tout sera simple et clair, quand l'orgueil sera mort,
Quand l'homme, au lieu de croire à l'égoïste effort,
Qui s'éterniserait, en une âme immortelle,
Dispensera vers tous sa vie accidentelle ;
Des paroles, qu'aucun livre ne fait prévoir,
Débrouilleront ce qui paraît complexe et noir ;
Le faible aura sa part dans l'existence entière,
Il aimera son sort – et la matière
Confessera peut-être, alors, ce qui fut Dieu[1].

Cet idéal moral tout nouveau, Verhaeren l'a résumé en termes plus élevés, plus amples, comme une table de la loi, dans la formule suivante :

Si nous nous admirons vraiment les uns les autres,
Du fond même de notre ardeur et notre foi,
Vous les penseurs, vous les savants, vous les apôtres,
Pour les temps qui viendront vous extrairez la loi.

Nous apportons ivres du monde et de nous-mêmes,
Des cœurs d'hommes nouveaux dans le vieil univers.
Les Dieux sont loin et leur louange et leur blasphème ;
Notre force est en nous et nous avons souffert.

Nous admirons nos mains, nos yeux et nos pensées,
Même notre douleur qui devient notre orgueil ;

---

1. « Le forgeron », *Les Villages illusoires.*

Toute recherche est fermement organisée
Pour fouiller l'inconnu dont nous cassons le seuil.

S'il est encor là-bas des caves de mystère
Où tout flambeau s'éteint ou recule effaré,
Plutôt que d'en peupler les coins par des chimères
Nous préférons ne point savoir que nous leurrer.

Un infini plus sain nous cerne et nous pénètre ;
Notre raison monte plus haut ; notre cœur bout ;
Et nous nous exaltons si bellement des êtres
Que nous changeons le sens que nous avons de tout.

Cerveau, tu règnes seul sur nos actes lucides ;
Aimer, c'est s'asservir ; admirer, se grandir ;
Ô tel profond vitrail, dans l'ombre des absides,
Qui reflète la vie et la fait resplendir !

Aubes, matins, midis et soirs, toute lumière
Est aussitôt muée en or et en beauté,
Il exalte l'espace et le ciel et la terre
Et transforme le monde à travers sa clarté[1].

Cette force qui, par l'enthousiasme, nous permet de nous reconnaître en tout, de communier avec tout ce qui a une existence tangible, c'est le panthéisme, c'est la conception germanique du monde. Mais, chez Verhaeren, le panthéisme parvient à son expression la plus haute. L'identité, pour lui, ne nous donne pas simplement une représentation intellectuelle du monde extérieur : elle nous fait participer à sa vie. Nous ne nous sentons pas seulement semblables aux

---

1. « La ferveur », *La Multiple Splendeur*.

choses, d'âme et de corps : nous nous sentons indissolublement liés à elles. *Quiconque admire une force extérieure, au point de pénétrer jusqu'au principe intime qui l'anime, de se dissoudre et de s'anéantir pour s'absorber entièrement en elle, se sent vraiment identique à elle, en cette minute d'extase.* L'extase n'est pas, ainsi que le signifie le sens grec du mot, le fait de s'extérioriser et de se perdre, mais au contraire de se retrouver dans les choses. Et c'est par là que la conception cosmique de Verhaeren dépasse le panthéisme. Il ne se contente pas de communiquer avec le monde extérieur, de se refléter en lui : il vit de la vie universelle. Il ne sent pas seulement son sang se répandre dans les êtres qui l'entourent. À vrai dire, il ne sent plus son propre sang : la sève ardente du monde bouillonne dans ses artères. Je ne sais rien de plus vibrant que ces minutes où Verhaeren s'abandonne à une ivresse cosmique sans égale, où le monde extérieur et la notion de son propre moi se confondent en lui :

Je ne distingue plus le monde de moi-même,
Je suis l'ample feuillage et les rameaux flottants,
Je suis le sol dont je foule les cailloux pâles
Et l'herbe des fossés où soudain je m'affale
Ivre et fervent, hagard, heureux et sanglotant[1].

Toutes les formes de la nature ont ému sa sensibilité :

J'existe en tout ce qui m'entoure et me pénètre[2].

---

1. « Autour de la maison », *ibid.*
2. « La joie », *ibid.*

Tous les phénomènes extérieurs lui apparaissent comme des manifestations de sa propre activité, comme des instants de sa propre existence :

> *Oh ! les rythmes fougueux de la nature entière*
> *Et les sentir et les darder à travers soi !*
> *Vivre les mouvements répandus dans les bois,*
> *Le sol, le vent, la mer et les tonnerres ;*
> *Vouloir qu'en son cerveau tressaille l'univers*[1].

Les vagues de l'enthousiasme sont ici de plus en plus fortes : l'appel à l'union, grâce à une admiration universelle, devient une objurgation de plus en plus pressante :

> *Magnifiez-vous donc et comprenez-vous mieux*[2] !

Si l'humanité n'a pu pendant longtemps s'élever à des rapports harmonieux, c'est parce qu'elle manquait d'enthousiasme. Les hommes étaient sceptiques et méfiants. « Magnifiez-vous donc et comprenez-vous mieux », leur crie Verhaeren, « admirez-vous les uns les autres ». Dans cette phase dernière de la connaissance, il se rencontre de nouveau avec ce poète américain qui, après une évolution très différente, exalte lui aussi, dans son poème *Parti de Paumanok*, la passion et l'enthousiasme suprêmes :

> *Je dis que nul homme jusqu'ici n'a été assez pieux de*
> *   [moitié,*

---

1. « L'en-avant », *Les Forces tumultueuses*.
2. « À la louange du corps humain », *La Multiple Splendeur*.

Nul encore n'a assez adoré ni professé le culte de moitié,
Nul n'a commencé de songer combien divin il est lui-
                    [*même et combien certain est le futur*[1].

La véritable volupté réside dans cette exaltation
suprême. Aussi les conceptions idéales de Verhaeren
ne sont-elles pas des règles froides, inertes, mais bien
un hymne vibrant.

Aimer avec ferveur soi-même en tous les autres
Qui s'exaltent de même en de mêmes combats
Vers le même avenir dont on entend le pas ;
Aimer leur cœur et leur cerveau pareils aux vôtres
Parce qu'ils ont souffert, en des jours noirs et fous,
Même angoisse, même affre et même deuil que vous.

Et s'enivrer si fort de l'humaine bataille
– Pâle et flottant reflet des monstrueux assauts
Ou des groupements d'or des étoiles, là-haut –
Qu'on vit en tout ce qui agit, lutte ou tressaille
Et qu'on accepte avidement, le cœur ouvert,
L'âpre et terrible loi qui régit l'univers[2].

Éterniser, transformer en un sentiment vital, perma-
nent et rigoureux, ces instants mystiques de l'extase,
ces minutes d'identité que chacun de nous a connus
aux époques décisives de son existence, telle est l'inten-
tion dernière de Verhaeren. Sa conception du monde
se ramène à cet idéal d'une identité du moi et du
monde extérieur, identité qui s'impose comme une

---

1. Walt Whitman, *Feuilles d'herbe*, trad. Léon Bazalgette.
2. « La vie », *La Multiple Splendeur.*

sensation continue et que la passion renouvelle sans
cesse.

Lorsque tout nous apparaît, non plus comme un
objet d'observation mais comme une sensation vitale,
il en résulte un enrichissement tel de notre être, que
la volupté pénètre dans notre vie jusqu'alors végétative, insouciante et somnolente. Ce n'est pas tel ou
tel plaisir isolé auquel tend l'art de Verhaeren, mais
le plaisir unanime que donne la vie sous toutes ses
formes. Ce qu'il dit de Juliers, le héros flamand :
« l'existence était sa volupté[1] », représente également
l'expression de son désir le plus vif. Il veut la vie, non
pas seulement pour remplir les courts moments qui
sont accordés à chacun de nous, mais pour goûter
pleinement le bonheur de vivre, la jouissance qui
témoigne, à chaque instant, de la réalité de notre existence. C'est dans un semblable moment d'exaltation
qu'il s'écrie :

Il me semble jusqu'à ce jour n'avoir vécu
Que pour mourir et non pour vivre[2].

Voici un cri qui traduit, en termes inoubliables,
l'extase dernière de la vitalité : le sentiment vital ici
est synonyme de volupté suprême.

Une fois de plus, comme dans bien d'autres parties
de l'œuvre du poète, le cercle se ferme ; le terme de
la connaissance revient à son point de départ ; nous
retrouvons un sentiment inné, instinctif, parvenu à un
état de conscience parfaite. Le premier et le dernier

---

1. « Guillaume de Juliers », *Les Héros*.
2. « Un matin », *Les Forces tumultueuses*.

ouvrage de Verhaeren, *Les Flamandes* comme *Les Rythmes souverains*, chantent la force de la vie. Mais dans le premier la vie apparaît, sous sa forme sensible, comme un plaisir physique inconscient : dans le dernier se révèle un sentiment vital raisonné qui parvient à son épanouissement complet.

Toute l'évolution de Verhaeren – qui s'accorde, sur ce point, avec les grands poètes allemands, avec Nietzsche et Dehmel – tend, non pas vers la limitation des instincts primordiaux, mais vers leur développement logique. Ses derniers livres ainsi que ses premiers ouvrages renferment des descriptions de son pays, mais son horizon s'est élargi au spectacle de l'univers. Ainsi le sentiment vital reparaît dans son œuvre comme le sens véritable de la vie : mais il s'est exalté de toutes les connaissances acquises, de toutes les victoires remportées. La passion, qui n'était autrefois qu'une rébellion désordonnée, est devenue une loi, un instinct où se manifestent la joie de vivre et le plaisir sous toutes ses formes. Verhaeren a maintenant l'orgueil légitime de sa force :

Je marche avec l'orgueil d'aimer l'air et la terre,
D'être immense et d'être fou
Et de mêler le monde et tout
À cet enivrement de vie élémentaire[1]

La santé des races fortes, qu'il chantait autrefois en pensant aux gars et aux filles de sa patrie, il la célèbre maintenant en lui. L'identité entre le monde et son moi est si parfaite que, lorsqu'il veut exalter la

---

1. « Un matin », *ibid.*

beauté de l'univers, il se voit obligé de la considérer
en lui et dans son propre corps. Lui qui, jadis, haïssait
ce corps comme une prison dont l'homme ne peut
s'évader, lui qui voulait se « cracher soi-même »,
emprunte à son moi une des strophes dont il compose
son hymne à l'univers :

> *J'aime mes yeux, mes bras, mes mains, ma chair, mon torse*
> *Et mes cheveux amples et blonds,*
> *Et je voudrais, par mes poumons,*
> *Boire l'espace entier pour en gonfler ma force*[1].

S'il exalte sa propre personnalité, ce n'est pas par
vanité, mais par gratitude. Il ne voit, dans son corps,
qu'un organisme qui lui permet de goûter la beauté,
la puissance, toutes les splendeurs du monde, et de
ressentir, avec une profonde émotion, la joie universelle des choses. Quoi de plus admirable que ce cri
de reconnaissance que l'homme mûr adresse à ses
yeux, à ses oreilles, à sa poitrine, qui lui font apprécier
la beauté du monde, avec la même intensité qu'auparavant :

> *Soyez remerciés, mes yeux,*
> *D'être restés si clairs, sous mon front déjà vieux,*
> *Pour voir au loin bouger et vibrer la lumière ;*
> *Et vous, mes mains, de tressaillir dans le soleil ;*
> *Et vous, mes doigts, de vous dorer aux fruits vermeils*
> *Pendus au long du mur, près des roses trémières.*

> *Soyez remercié, mon corps,*
> *D'être ferme, rapide, et frémissant encor*

---

1. *Ibid.*

Au toucher des vents prompts ou des brises profondes ;
Et vous, mon torse clair et mes larges poumons,
De respirer au long des mers ou sur les monts,
L'air radieux et vif qui baigne et mord les mondes[1].

C'est ainsi qu'il célèbre tout ce qui se rattache à lui par une affinité quelconque : son corps, sa race, ses ancêtres, auxquels il doit l'existence ; son pays, qui lui a donné la jeunesse ; les villes qui découvrent à ses regards d'amples horizons ; il chante l'Europe et l'Amérique, le passé et l'avenir. *Et comme il se sent lui-même fort et saint, il voit le monde entier également saint et harmonieux.* C'est là, dans la poésie de Verhaeren, un sentiment nouveau qui ne s'était peut-être encore rencontré chez aucun poète : l'amour de l'univers, la joie de vivre ne sont pas pour lui émotion intellectuelle, au contraire, l'unité cosmique lui est comme un plaisir physique qui échauffe le sang, qui envahit les nerfs et les muscles. Les strophes du poète, ainsi que Bazalgette le dit fort justement, sont véritablement « une décharge d'électricité humaine[2] ». La joie devient une exaltation corporelle, une ivresse, un épanouissement sans égal :

Nous apportons, ivres du monde et de nous-mêmes,
Des cœurs d'hommes nouveaux dans le vieil univers[3].

Aucune désharmonie ne s'accuse plus entre les différents poèmes de Verhaeren. C'est un débordement

---

1. « La joie », *La Multiple Splendeur*.
2. Léon Bazalgette, *Émile Verhaeren*.
3. « La ferveur », *La Multiple Splendeur*.

d'enthousiasme, un enivrement de soi-même ; l'extase
suprême du sentiment vital domine à présent les effervescences isolées d'autrefois, elle s'élève aujourd'hui
fière et forte, elle semble un être vivant qui tiendrait
dans ses mains une torche dont la flamme se dresse,
dans un mouvement joyeux et triomphal, vers l'avenir,
« vers la joie ».

Nous touchons ici au terme de l'évolution éthique
de Verhaeren. Et sans doute aucune exaltation, aucune
connaissance nouvelle ne pourrait transformer ni enno-
blir cette forme suprême de beauté. Dans cette conception finale se révèle une richesse extraordinaire de
forces et toute l'inspiration d'un de nos écrivains les
plus hardis et les plus admirables. La force lui apparaissait jadis comme le véritable sens du monde : une
connaissance plus approfondie lui enseigne que c'est
la bonté, l'admiration. Il voit dans cette dernière force
– maintenant aussi intensément intérieure qu'elle
s'appliquait jadis aux manifestations purement extérieures – non plus un instrument de conquête, mais un
dévouement à l'humanité, à la nature, une humilité sans
bornes. Cette connaissance ultime apparaît comme un
arc-en-ciel réconciliateur qui efface l'étrangeté sauvage
et l'apparente hétérogénéité des premières œuvres du
poète. Au-dessus des *Forces tumultueuses* brille *La Multiple Splendeur*. Et l'on peut dire de Verhaeren cette
parole appliquée par lui à l'humanité :

La joie et la bonté sont les fleurs de sa force[1].

---

1. « Les mages », *ibid.*

CHAPITRE V

L'amour dans l'œuvre de Verhaeren

Ceux qui vivent d'amour vivent d'éternité.

« L'aube, l'ombre, le soir,
l'espace et les étoiles »[1]

Si moderne que soit l'œuvre de Verhaeren, elle semble pourtant, à un point de vue, s'éloigner de notre époque et bannir certaines préoccupations artistiques auxquelles tous les poètes ont cédé. L'amour est, pour ainsi dire, absent de sa poésie. Non seulement, chez lui, ce sentiment ne domine pas, comme chez la plupart, toutes les autres impressions, mais il ne détermine non plus aucune de ses conceptions ; c'est une arabesque légère qui dresse sa courbe fragile au-dessous des masses architecturales de son œuvre.

D'autres sentiments l'exaltent. L'amour se dépouille, pour lui, de toute signification sexuelle : il se confond avec l'enthousiasme, le dévouement, l'extase. Il ne voit pas, dans la différence des sexes, la manifestation

---

1. *Les Heures d'après-midi.*

primordiale, mais l'une des mille manifestations du combat vital. Le désir de la femme, l'instinct sexuel ne représente qu'une force dans le jeu des autres forces : ce n'est pas la puissance suprême, comme pour Dehmel, à qui toutes les grandes énergies cosmiques ne se révèlent qu'à travers le conflit de l'homme et de la femme.

Ce n'est pas le flambeau de l'amour qui éclaire les horizons de sa poésie, mais la flamme ardente d'un pur instinct intellectuel. Alors que la plupart des poètes débutent par des œuvres amoureuses, on ne rencontre dans ses premiers ouvrages que des paysages, des moines, des travailleurs. Ses drames ne traitent que des conflits masculins. Cette particularité contribue à isoler son œuvre, par elle-même si différente déjà de celle des autres lyriques. L'amour n'est pour lui qu'une feuille de l'arbre du monde, et ce n'est ni la dernière, ni la première. Trop de forces diverses et la synthèse de toutes ces forces ont inspiré à ce poète une passion, une extase trop ferventes pour que l'appel du désir pût couvrir les autres voix qui s'élèvent en lui.

Le rôle secondaire que joue l'amour dans l'œuvre de Verhaeren n'est pas une lacune à mes yeux, et ne dénote aucune faiblesse dans son tempérament lyrique. Si je ne craignais de paraître paradoxal, je dirais que l'absence de cet élément poétique accuse une personnalité plus vigoureuse. L'inspiration de Verhaeren est trop virile pour que la femme s'imposât, à son imagination, comme un problème fondamental. L'homme vraiment fort voit dans l'amour un phénomène naturel, qui ne saurait être un obstacle et ne peut être la cause d'un conflit vital. Or, un phénomène naturel ne devient jamais un problème pour l'artiste. L'amour n'a pas troublé la jeunesse de Verhaeren : il n'y attachait pas assez d'importance, ses préoccupations poétiques le portant alors non pas vers la réalité de la femme, mais vers la conquête suprême, vers une conception du monde, encore incertaine et éloignée. L'homme véritable, tel que le conçoit Verhaeren, ne gaspille pas ses énergies dans l'amour. Il est avant tout porté vers la métaphysique, avide d'acquérir des connaissances, de découvrir la statique du monde. « Ève voulait aimer, Adam voulait connaître[1]. » Cette idée, Verhaeren l'a exprimée avec plus de vigueur encore dans son poème de jeunesse : « Les forts ».

> *Les forts montent la vie ainsi qu'un escalier,*
> *Sans voir d'abord que les femmes sur leurs passages*
> *Tendent vers eux leurs seins, leurs fronts et leurs visages[2].*

Indifférents aux séductions de l'amour, les hommes vraiment énergiques et supérieurs s'élèvent vers le ciel, vers les connaissances intellectuelles ; ils cueillent les fruits des étoiles et des comètes : et ce n'est qu'au retour, après avoir battu les sentiers solitaires, qu'ils s'arrêtent près des femmes, pour déposer entre leurs mains les mystères de l'univers. *Ce n'est pas dans la jeunesse, mais à l'âge viril et dans la pleine maturité de l'esprit, que la femme peut devenir le but véritable de la vie.* Aussi est-il curieux de constater que ce sonnet où Verhaeren entrevoit son destin est une œuvre de jeunesse.

---

1. « Le paradis », *Les Rythmes souverains*.
2. « Hommage », *Les Bords de la route*.

Car l'image des femmes ne l'a pas arrêté ni détourné : l'amour l'a occupé sans l'absorber. Ce n'est que plus tard, en ces années de crise où ses forces s'épuisaient, où ses nerfs se brisaient sous une tension trop forte, c'est alors que, la solitude se dressant en face de lui comme une ennemie, une femme est entrée dans sa vie.

Alors seulement l'amour, le mariage, symboles individuels de l'ordre externe et éternel, lui donnèrent le repos et la paix. À cette femme, Verhaeren consacra ses seuls vers d'amour.

Car dans son œuvre, qui se développe comme une trilogie, dans cette symphonie souvent brutale, il est aussi un mol et doux andante, une trilogie amoureuse. Ses trois volumes : *Les Heures claires*, *Les Heures d'après-midi*, et les prochaines *Heures du soir* ont une valeur artistique plus discrète, mais non moins réelle que ses grands poèmes. Ces livres réservent au lecteur un véritable étonnement. On s'attendait, de la part de cet homme sauvage et passionné, à des extases de visionnaire, à des ardeurs fougueuses. Tout au contraire, ces ouvrages ne s'adressent pas à une foule, mais à une seule personne : aussi ne doit-on pas les lire à voix haute, mais à mi-voix. La conscience religieuse – car, en un certain sens, toute poésie est chez Verhaeren religieuse – revêt ici une forme nouvelle. *Le poète ne prêche pas, il prie.* Ces courts poèmes sont des pages personnelles de sa vie intime, des aveux d'une passion infinie, mais comme voilés d'une pudeur délicate. « Ô la tendresse des violents », dit Bazalgette, en faisant allusion à ces œuvres. Et l'on ne peut imaginer, en effet, spectacle plus touchant

que celui de ce grand lutteur qui baisse la voix comme
en un pieux recueillement.

L'homme fort et brutal, de peur de blesser une
femme frêle, la touche avec douceur, avec précaution,
comme un être fragile : ainsi les vers de Verhaeren
s'élèvent en un doux murmure ; de peur de froisser
des sentiments trop délicats, le poète comprime les
élans farouches de sa passion.

Combien admirables, ces poèmes qui semblent par
la main doucement vous prendre pour vous mener
dans un jardin ! Nous ne voyons plus ici les horizons
gris de la cité avec ses usines, nous n'entendons plus
le tumulte des rues, nous ne percevons plus ce rythme
qui précipite sa course ainsi qu'un torrent : c'est une
douce musique qui s'élève, pareille au murmure d'une
source jaillissante. On ne se sent plus jeté par la passion et l'extase à travers les espaces de l'humanité et
l'immensité des cieux ; il ne s'agit plus de susciter en
nous le farouche enthousiasme, mais la tendresse et
la ferveur. La voix est douce qui était rauque. On ne
voit que couleurs cristallines et transparentes. Ce qui
s'exprime là, c'est la formidable puissance du silence,
de ce silence qui donne leur force aux grandes passions. Ces poèmes correspondent intimement à
chacun des éléments de la nature ; mais ce n'est pas
avec un ciel embrasé, le tonnerre ou les ouragans
qu'ils s'accordent, c'est avec la paix du jardin, le
calme de la maison. Là, chantent les oiseaux ; là, les
fleurs embaument ; il semble que des grappes de
silence pendent aux rameaux des arbres en fleurs. Les
événements n'ont plus de réalité extérieure. Toute la
poésie familière de la vie – qui n'est plus celle de la
rue – sort, pour ainsi dire, des murs pour engager de

doux dialogues sur de petites choses ; les événements sont ceux de l'intimité personnelle, de la vie quotidienne, dans l'intervalle des grandes extases. À la lueur tamisée de la lampe qui éclaire la chambre, les âmes se taisent pour échanger de merveilleuses confidences :

> *Et l'on se dit les simples choses :*
> *Le fruit qu'on a cueilli dans le jardin ;*
> *La fleur qui s'est ouverte,*
> *D'entre les mousses vertes,*
> *Et la pensée éclose, en des émois soudains,*
> *Au souvenir d'un mot de tendresse fanée*
> *Surpris au fond d'un vieux tiroir,*
> *Sur un billet de l'autre année[1].*

La profondeur des sentiments, la reconnaissance, le don de soi s'adressent ici à l'unique élue. Dans les autres poèmes, le monde entier y avait part. Verhaeren en effet a connu la faveur d'une incessante réceptivité, d'une grâce continuelle. Son merveilleux élan que rien n'arrête, sa joie perpétuellement jaillissante – qui est tout le secret de son art – concourent ici à l'expression de son amour et de sa reconnaissance. Ainsi qu'Orphée, vainqueur de l'Enfer, montait vers Eurydice, le poète malade, levant ses mains jointes, s'élève vers la femme aimée qui l'a sauvé des affres de l'obscurité. Sans cesse il lui est reconnaissant de la bonté des heures qu'il lui doit ; toujours le souvenir de leur première rencontre lui revient aux

---

1. « C'est la bonne heure où la lampe s'allume », *Les Heures d'après-midi*.

lèvres ; il ne peut oublier ces jours heureux qui ont ensoleillé sa vie :

> *Avec mes sens, avec mon cœur et mon cerveau,*
> *Avec mon être entier tendu comme un flambeau*
> *Vers ta bonté et vers ta charité,*
> *Je t'aime et te louange et je te remercie*
> *D'être venue, un jour, si simplement,*
> *Par les chemins du dévouement,*
> *Prendre en tes mains bienfaisantes, ma vie*[1].

Comme agenouillés et les mains jointes sont ces vers.

Les Heures d'après-midi, ce deuxième volume de la trilogie, est peut-être le plus beau et le plus caractéristique. Car le sentiment amoureux s'y élève à une beauté morale, à une profondeur d'impression qu'on ne peut puiser que dans la plus noble expérience de la vie. Écrit après quinze années de mariage, ce livre ne révèle pas un amour moins ardent. *Ce fut en effet une règle constante pour Verhaeren que de ne jamais laisser ses sentiments se refroidir et s'appauvrir, mais de les aviver sans cesse. Ainsi son amour, loin de s'attiédir, se fait fort et plus sublime ;* il triomphe de cet obstacle redoutable : l'habitude. Cet amour, que vivifie une extase perpétuelle, vibre d'une passion sans cesse renouvelée. Être calme, c'est déjà s'amoindrir. « Je te regarde, et tous les jours je te découvre[2]. » Chaque jour a ranimé ce sentiment en l'affranchissant des joies purement physiques qui s'y mêlaient à

---

1. « Avec mes sens, mon cœur et mon cerveau », *ibid.*
2. « Voici quinze ans déjà », *ibid.*

l'origine. Ici, comme dans l'œuvre entière de Verhaeren, la sensualité a toujours été spiritualisée par la passion. Ce ne sont plus des attraits extérieurs qui charment ces amants à mesure qu'ils avancent dans la vie. Les lèvres ont pâli, le corps a perdu de sa fraîcheur, la chair de son éclat et de sa couleur ; les années d'union ont marqué les visages de leur empreinte. Seul l'amour a survécu dans les heures d'automne, il a dominé la matière : les altérations physiques n'ont pu l'atteindre, car lui-même se transformait, en s'exaltant, en se renouvelant sans cesse. Il est inébranlable et sûr.

> *Puisque je sais que rien au monde*
> *Ne troublera jamais notre être exalté*
> *Et que notre âme est trop profonde*
> *Pour que l'amour dépende encor de la beauté*[1].

Le temps est enchaîné : l'avenir, la mort même, ne sauraient inspirer de craintes : « Qui vit d'amour, vit d'éternité. » L'amant ne redoute pas de voir ses sentiments s'évanouir dans cette mort qui se dresse au terme de toute route. Rien ne peut l'émouvoir dès qu'il se sait aimé. C'est une idée que Verhaeren a exprimée dans des vers admirables :

> *Vous m'avez dit, tel soir, des paroles si belles*
> *Que sans doute les fleurs, qui se penchaient vers nous,*
> *Soudain nous ont aimés et que l'une d'entre elles,*
> *Pour nous toucher tous deux, tomba sur nos genoux.*
> *Vous me parliez des temps prochains où nos années,*

---

1. « Les baisers morts des défuntes années », *ibid.*

Comme des fruits trop mûrs, se laisseraient cueillir ;
Comment éclaterait le glas des destinées,
Et comme on s'aimerait en se sentant vieillir.
Votre voix m'enlaçait comme une chère étreinte,
Et votre cœur brûlait si tranquillement beau
Qu'en ce moment j'aurais pu voir s'ouvrir sans crainte
Les tortueux chemins qui vont vers le tombeau[1].

Un troisième volume, *Les Heures du soir*, fermera le cycle : ce sont les poèmes de l'âge. Les heures du printemps et celles de l'été ont sonné : elles s'évanouissent lentement dans les brouillards du souvenir. Bientôt, en cette couronne, les fleurs pâles de l'automne se marieront aux fleurs éclatantes,

... à votre ronde ardente et douce
Tournant, dans l'ombre et le soleil, sur les pelouses,
Tel un suprême, immense et souverain espoir, –
Les pas et les adieux de mes « heures de soir »[2].

J'aime beaucoup ces courts poèmes de tendresse de Verhaeren : j'y goûte un charme différent, mais non moindre, que dans ses œuvres plus fortes et plus élevées. Et j'ai peine à comprendre pourquoi ses poésies ne se sont pas répandues davantage, celles-là tout au moins, car je conçois que certains esprits, par respect pour les traditions, par peur de la nouveauté, aient été choqués par la lecture de ses grands ouvrages. Depuis *La Bonne Chanson*, de Verlaine, cette mélodie si douce et si vibrante, depuis les lettres de Browing, jamais le bonheur conjugal ne fut chanté

---

1. « Vous m'avez dit, tel soir, des paroles si belles », *ibid.*
2. « Heures du matin clair », *ibid.*

comme en ces strophes. Jamais l'amour spiritualisé n'a atteint à cette pureté, à cette noblesse si franche, si morale, dans la plus haute acception de ce mot. J'ai une prédilection particulière pour ces « poèmes francs et doux », car ici, derrière l'homme sauvage, extatique, derrière l'être fort et passionné : le poète, on en voit un autre que la vie nous a donné d'apprécier : l'homme simple, calme, humble, plein de douceur et de bonté. Ici, au-delà de l'extase poétique, nous rencontrons cet esprit supérieur qu'est Verhaeren, en qui nous vénérons non seulement une puissance poétique mais aussi une perfection humaine. Par cette porte lumineuse nous pénétrons dans la vie intime du poète.

CHAPITRE VI

La vie de Verhaeren comme œuvre d'art

> *Je suis d'accord avec moi-même.*
> *Et c'est assez.*
>
> *Les Forces tumultueuses*

Camille Lemonnier, qui fut un maître pour Verhaeren, dans ses jeunes années, et qui ne cessa de demeurer son ami, a, au cours d'une fête organisée par la Belgique en l'honneur de son grand poète, et célébrant dans un admirable discours l'amitié trentenaire qui l'unissait à lui, exprimé une pensée fort belle :

Les temps viendront où, pour apparaître avec quelque crédit devant les hommes, il sera nécessaire de justifier qu'on fut un homme soi-même.

Puis il a montré combien Verhaeren répondait pleinement à cet idéal futur, combien il fut un homme, dans la mesure où l'être humain éveille l'idée d'une esthétique parfaite. Car, pour créer une œuvre d'art, il faut réaliser soi-même une œuvre d'art. Et celui-là surtout qui formule des maximes éthiques nous autorise à l'interroger sur sa vie privée et sur ses règles de conduite.

À travers l'œuvre poétique de Verhaeren apparaît l'idéal artistique d'une grande vie dans le jeu de ses forces puissantes et victorieuses. Seul d'ailleurs un être harmonisé et vigoureux pouvait produire un tel effort intellectuel auquel n'eût suffi une certaine viva-cité, une certaine ingéniosité d'esprit. Verhaeren ne fut jamais un tempérament équilibré, aussi son effort a-t-il été double.

Ce fut une nature débordante, excessive, qui dut se maîtriser : tous les germes de débauche et de dis-persion étaient en lui, ses forces risquaient de se gas-piller et de se perdre. Des penchants si contraires ne pouvaient s'équilibrer que grâce à une discipline sûre, grâce à des principes inébranlables. Seule, une nature profondément humaine pouvait concentrer en une force unique tant de forces hétérogènes. La même santé large qu'on respire au début et à la fin de son œuvre anime le commencement et le terme de sa vie. L'adolescent, né dans cette saine terre flamande, a hérité de tous les instincts de cette forte race, et d'abord de la passion. Ses jeunes années débordent de passion. Le poète a donné libre cours à son exu-bérance : son intempérance s'est manifestée en tout, dans l'étude, dans l'ivresse, dans les relations sociales, dans le plaisir, dans la vie artistique. Ses facultés s'exaltèrent jusqu'à la limite extrême où ses forces lui permettaient d'atteindre ; puis, au dernier moment, il fit un retour sur lui-même et retrouva la santé. L'har-monie qui se révèle aujourd'hui dans son existence n'est pas un don de la fortune, mais un fruit de l'expérience. Verhaeren sut revenir en arrière à l'instant décisif ; comme Antée, il retrempa ses forces à la fontaine de Jouvence de son pays, dans le calme repos de la famille. Le sol, le pays l'appelèrent à eux. Au point de vue lyrique comme au point de vue purement humain, son retour en Belgique marque sa délivrance, le triomphe artistique que réalisa sa vie. Pareil à ce navire que le poète a chanté dans *La Guirlande des dunes* et qui, après avoir sillonné les mers, revient à demi brisé vers la Flandre, ainsi Verhaeren atterrit de nouveau dans le port où il avait appareillé. Il a célébré la Flandre, non pas en poète régional, mais en poète national. Il a relié l'avenir et le passé au présent : il a chanté la Flandre et l'univers, non pas en des poésies séparées, mais en un poème unique. « Verhaeren élargit de son propre souffle l'horizon de la petite patrie, et, comme le fit Balzac de son ingrate et douce Touraine, il annexe aux plaines flamandes le beau royaume humain de son idéalité et de son art[1]. » Il est revenu à la race, à la nature, aux forces éternelles de santé et de vie.

Maintenant il vit au Caillou-qui-bique, petit hameau wallon. Trois ou quatre maisons se dressent dans ce petit village, loin du chemin de fer : la forêt les entoure, et pourtant les champs sont tout proches. La plus petite, qui n'a que quelques pièces, avec un jardin paisible, est celle du poète. Là s'écoule son existence, dans un calme propice à l'éclosion des grandes œuvres : il s'entretient seul à seul avec la nature, et ce sont des dialogues que ne trouble plus

---

1. Note biographique de Francis Vielé-Griffin préfaçant l'*Émile Verhaeren* d'Albert Mockel.

la voix des hommes ni le tumulte des villes. Il
embrasse l'univers dans le rêve de ses vastes conceptions. Sa nourriture est saine et rustique. Il traverse
les champs de bon matin, cause familièrement avec
les paysans et les humbles bourgeois, qui lui confient
leurs soucis, leurs petites affaires : il les écoute avec
ce vif intérêt qu'il porte à toute forme, à toute manifestation de la vie. Ses grands poèmes s'élaborent au
cours de ses marches à travers champs : son pas de
plus en plus rapide scande le rythme de ses vers ; le
vent leur apporte sa mélodie ; le lointain, l'évocation
des larges horizons. Ceux qui furent ses hôtes reconnaissent dans ses poèmes des paysages, des maisons,
des aspects, des personnages ; ils y retrouvent les travaux des petits artisans, et, par la magie de ses vers,
des impressions ténues et légères se métamorpho-
sent en sensations vigoureuses, brûlantes et comme
éternelles.

Il passe l'été et l'automne en pays wallon, mais, au
printemps, il gagne le bord de la mer, chassé par la
fièvre des foins. Cette maladie m'a toujours paru symboliser l'art et le sentiment vital de Verhaeren, car c'est
un mal élémentaire, si je puis dire : quand le pollen
s'égrène au souffle du vent, quand le printemps s'abat
sur une contrée, l'homme sensible à ces phénomènes
s'émeut au point d'avoir les yeux pleins de larmes, ses
sens s'irritent, son esprit s'affole. Cette souffrance
organique, cette douleur latente qui annonce le printemps, ce déchaînement exaspéré des forces vitales,
cette pression de l'atmosphère ont toujours été pour
moi comme un symbole du sentiment instinctif et physique que la nature inspire à Verhaeren. L'univers qui
lui communique toutes ses extases, toutes ses voluptés

obscures et muettes, semble aussi lui confier ses douleurs mystérieuses. Les phénomènes naturels paraissent ébranler son sang, son cerveau : entre le monde
et le poète s'affirme une identité plus parfaite que chez
les autres hommes.

Ces premières angoisses du printemps chassent
Verhaeren vers les rivages de la mer ; il aime les rafales
du vent, les élans sauvages des flots déchaînés. Il y
travaille peu, car l'agitation de la mer l'agite lui-même.
Elle berce ses rêves, sans lui inspirer une œuvre.

Mais Verhaeren n'est plus un primitif. Trop de
liens le rattachent à ses contemporains, aux efforts,
aux créations de l'esprit moderne, pour qu'une existence rustique puisse le satisfaire complètement. Il
offre cette diversité de goûts que présente l'homme
d'aujourd'hui, lequel se sent proche de la nature, mais
ne peut cependant se priver de sa fleur suprême : la
culture. Il passe l'hiver à Paris, la plus vivante des
capitales : si le silence est pour lui une nécessité intérieure, il trouve une excitation précieuse dans l'agitation bruyante des grandes villes. Il s'abandonne
avec joie au mouvement des rues, il s'enthousiasme
pour les livres, les tableaux, les hommes. Il suit depuis
de longues années, dans ses moindres détails, le développement artistique, sympathisant avec les talents
qui se découvrent et s'affirment.

Il combine d'ailleurs fort heureusement ses goûts
de solitude et ses instincts de sociabilité. Ce n'est pas
à Paris même qu'il séjourne, mais à Saint-Cloud, dans
une petite maison pleine de tableaux et de livres et
que fréquentent assidûment de bons amis. L'amitié,
une camaraderie cordiale et joyeuse, ont toujours été
une condition de l'existence pour cet homme qui sait

se donner avec une si aimable spontanéité. Aucun de
nos poètes d'aujourd'hui n'a peut-être autant d'amis
et de si bons amis. Rodin, Maeterlinck, Lemonnier,
Meunier, André Gide, Vielé-Griffin, Carrière, Signac,
Van Rysselberghe, tous ces hommes dont le talent
s'est manifesté dans des créations originales, entre-
tiennent ou ont entretenu avec lui des rapports
intimes. C'est dans ce cercle restreint qu'il passe ses
journées de Parisien ; il évite soigneusement ce qu'on
nomme la société, et se tient à l'écart des salons où
se font les réputations, où se débattent les intérêts
commerciaux de l'art. Il est d'une extrême simplicité,
et cette modestie l'a rendu toute sa vie indifférent aux
succès matériels : jamais il n'a voulu changer sa
manière de vivre, jamais il n'a connu le désir de briller
et d'exciter l'envie. Alors que le succès troublait les
autres, les aiguillonnait et les affolait, il a toujours
poursuivi sa route avec un calme inébranlable. Il a
travaillé, laissant son œuvre se développer lentement
et d'elle-même. Aussi la gloire qu'il s'est acquise, par
des efforts suivis et continus, n'a-t-elle pas été un
poids trop lourd pour ses épaules. C'est un véritable
plaisir de voir comment il a soutenu cette dernière et
suprême épreuve, comment il a su la supporter sans
faiblir, avec joie, mais sans orgueil. La Belgique le
célèbre aujourd'hui comme son plus grand poète. En
France, c'est surtout la jeunesse qui vient à lui avec
enthousiasme. Mais il est particulièrement sensible
aux sympathies que son lyrisme a provoquées parmi
les peuples étrangers, en Europe et même en Amérique. Il est fier d'avoir vu les petites rivalités nationales s'apaiser devant son œuvre, il est fier surtout
d'avoir vu la jeunesse se ranger spontanément à ses

côtés. Il a toujours porté aux jeunes un intérêt très vif, il a toujours accueilli et soutenu les débutants avec la plus grande bienveillance. Tout art étranger provoque en lui un enthousiasme passionné. Le sentiment suprême d'identité qui l'anime lui inspire une impartialité extrême dans ses admirations : c'est une joie véritable que de goûter avec lui des chefs-d'œuvre et de partager son exaltation.

On est quelque peu étonné du contraste apparent qui se révèle chez Verhaeren entre l'art poétique et l'art de la vie. Car jamais on n'imaginerait, à travers ce poète fervent, cet homme calme et bon. Son visage – qui tenta plus d'un peintre et plus d'un sculpteur – ne laisse transparaître que des passions et des extases : son front, sous ses boucles grisonnantes, est creusé par les sillons profonds que grava la crise d'autrefois. Sa moustache tombante, comme celle de Nietzsche, donne à sa physionomie un air de puissance et de gravité. La race forte où il puise son origine se manifeste dans son ossature saillante, dans ses lignes frustes, et plus encore peut-être dans sa démarche pesante et courbée, d'un rythme étrange : c'est la démarche grave du laboureur, qui semble scander les vers harmonieux du poète.

Mais la bonté resplendit dans ses yeux couleur de mer, dont l'éclat n'a pas été altéré par la fatigue des années de fièvre ; la clarté, la fraîcheur de l'âme se révèlent dans ses gestes empreints d'une si franche cordialité.

Son visage exprime la force, à première vue, mais cette force paraît bientôt maîtrisée par la bonté. Ainsi toute physionomie véritablement expressive trahit les sentiments intimes de l'homme.

Bien des gens analyseront un jour l'art de Verhaeren, qui a déjà séduit beaucoup d'esprits. Mais personne peut-être ne le goûtera autant que certains apprécient aujourd'hui l'art de sa vie : cette personnalité originale. Ceux-là l'aiment avec cette angoisse et cette joie qui nous attachent aux biens qu'on peut perdre et qu'on sait ne pas pouvoir remplacer. Tous les contrastes qui éclatent entre la modestie, la douceur, la cordialité de l'homme, et la violence, l'héroïsme, l'âpreté de son œuvre, s'accordent dans cette personnalité en une harmonieuse synthèse. L'Unité d'impression est chose qui se vit. Si l'on se retire, ou qu'on ferme un livre, après un entretien avec lui, on ressent une même joie intense, un enthousiasme égal, un pareil sentiment de bonheur qui fait paraître la vie plus pure, plus constante, plus éternelle. Cette impression de vie idéalisée par la ferveur et la bonté se dégage donc, également vive, de son œuvre et de sa propre existence. À son contact, l'être humain s'enrichit, les sentiments s'exaltent au souffle d'une passion ardente et joyeuse, et nous nous inclinons devant cet impératif suprême : la reconnaissance.

CHAPITRE VII

La signification européenne de son œuvre

Les grands courants qui traversent tout ce qui vit
Étaient, avec leur force, entrés dans son esprit,
Si bien que, par son âme isolée et profonde,
Ce simple avait senti passer et fermenter le monde.

« Le meunier »

Le sentiment que nous avons de notre responsabilité est, en dernière analyse, le stimulant suprême et décisif de notre activité : il nous détermine à réaliser entièrement notre œuvre, à développer nos énergies latentes. Si nous nous abandonnons à ce sentiment, la vie nous apparaît, en quelque sorte, comme une faute monstrueuse que tous nos efforts doivent tendre à racheter, le but de notre existence se révèle à nous dans sa signification la plus haute, dans son acception la plus large, nos facultés, nos aspirations personnelles s'affirment, dans leur expression la plus franche et la plus élevée.

Ce but de l'existence est circonscrit, pour la plupart, dans une fonction, dans un métier, dans une occupation déterminée. Il est indéfini, incommensurable pour l'artiste, qui ne peut assigner un terme au développement de sa personnalité. Et comme l'artiste n'a d'autre devoir, en définitive, que de traduire aussi fidèlement qu'il peut ses impressions intimes, sa responsabilité se confond avec la mission qui lui est dévolue de porter sa vie, son talent, à leur perfection dernière, et, selon le mot de Goethe, « d'étendre jusqu'à l'éternité une existence brève ». L'artiste est responsable de son talent, car il doit le manifester. Plus l'idée qu'on se forme de l'art est élevée, plus il nous apparaît comme un symbole d'harmonie dans l'ordre universel des choses, plus aussi celui qui crée doit avoir une conscience profonde de sa responsabilité.

Verhaeren est peut-être de tous les poètes modernes celui qui a le plus éprouvé ce sentiment. Le lyrisme n'est pas seulement pour lui la notation d'impressions personnelles, mais aussi l'évocation des luttes, des aspirations, des efforts d'une époque, la souffrance et l'ivresse d'un monde nouveau qui se prépare. C'est parce que son œuvre embrasse, exprime toutes les réalités présentes, qu'il a si bien compris son devoir en face de l'avenir, un véritable poète devant, selon lui, traduire l'évolution intellectuelle de son temps. Car nos descendants qui étudieront notre art dans les monuments, nos peintres dans les tableaux, nos philosophes dans l'organisation de la société, ne manqueront pas de chercher dans les poèmes et les livres des écrivains une réponse à cette question : « Quelles furent vos espérances, vos impressions, vos conceptions du monde ; qu'avez-vous pensé des villes, des hommes, des dieux, de l'univers ? » Serons-nous — voilà ce que doit se demander un artiste — en mesure de leur répondre ?

C'est dans cette conscience de sa responsabilité que réside la grandeur de l'œuvre de Verhaeren. Peu de poètes aujourd'hui se soucient de la réalité. Les uns nous invitent au plaisir, d'autres amusent et divertissent au théâtre un public désœuvré, d'autres décrivent leurs propres souffrances, réclament notre pitié, font appel à notre sensibilité, sans avoir jamais partagé les sentiments qui nous animent. Verhaeren s'élève au-dessus de l'enthousiasme ou du mépris de ses contemporains et se tourne vers les générations futures :

> *Celui qui me lira dans les siècles, un soir,*
> *Troublant mes vers, sous leur sommeil ou sous leur cendre,*
> *Et ranimant leur sens lointain pour mieux comprendre*
> *Comment ceux d'aujourd'hui s'étaient armés d'espoir,*
>
> *Qu'il sache, avec quel violent élan, ma joie*
> *S'est à travers les cris, les révoltes, les pleurs,*
> *Ruée au combat fier et mâle des douleurs,*
> *Pour en tirer l'amour, comme on conquiert sa proie[1].*

L'idée très haute qu'il s'est faite de son devoir l'a conduit à ne rester indifférent à aucune manifestation de l'activité de notre époque : car nos descendants, il le sait, tiendront à connaître les impressions que nous produisit, à un moment où elle nous semblait mystérieuse et pleine de périls, telle transformation à laquelle leur esprit sera parfaitement accoutumé. Verhaeren a voulu satisfaire cette curiosité.

Le véritable poète de notre temps doit décrire les malaises et les troubles de notre évolution sociale,

---

1. « Un soir », *Les Forces tumultueuses*.

la formation continue d'une esthétique nouvelle conforme à cette évolution, les révoltes, les crises, les luttes que suscite toute innovation avant d'être pleinement comprise et acceptée. Verhaeren a tenté de représenter toute notre époque dans son expression physique et intellectuelle. Son lyrisme est le symbole de l'Europe à la fin du siècle précédent et dans son état actuel. *C'est une encyclopédie poétique de notre temps, d'où se dégage l'atmosphère spirituelle de notre monde au tournant du vingtième siècle.*

L'Europe entière parle par sa voix, et cette voix s'élève au-dessus du siècle présent. Aussi l'appel du poète a-t-il éveillé déjà plus d'un écho. En Belgique, Verhaeren est avant tout le poète national, qui chanta les landes, les villes, les dunes, et célébra le passé de la Flandre. Il a ranimé l'orgueil de son pays, et son génie est trop proche de ses compatriotes pour qu'ils en pénètrent toute l'ampleur. En France même, bien peu s'en forment une idée exacte. La plupart l'embrigadent dans le bataillon littéraire des Symbolistes et des Décadents : il passe à leurs yeux pour un novateur en prosodie, pour un intrépide et génial révolutionnaire. Certains pourtant ont saisi la nouveauté et l'importance de son œuvre lyrique et apprécié l'harmonieuse synthèse de sa conception cosmique. On relève déjà des traces de son influence. Chez beaucoup de poètes on remarque l'empreinte de ce lyrisme nouveau qu'il créa : Jules Romains, de la lignée poétique de Verhaeren, a donné une forme particulièrement saisissante à son symbolisme des grandes villes. Mais il est surtout compris de ces Français qui, comme lui, ressentent profondément toutes les manifestations vivantes et puissantes qui se font jour à l'étranger, de ceux qui éprouvent le désir éthique d'une transvaluation interne, d'une transformation de races, d'une union internationale : tel Léon Bazalgette, qui révéla à la France l'œuvre de Walt Whitman, ce prophète de tout art vigoureux et sincère, fondé sur la réalité.

L'enthousiasme éclate surtout dans ces pays qui traversent eux-mêmes une crise éthique et sociale, dans ces nations où la foi religieuse est un instinct vital, où l'âme aspire éternellement à Dieu : ce sont tout d'abord la Russie et l'Allemagne.

Le poète des *Villes tentaculaires* est plus célèbre en Russie que partout ailleurs : son lyrisme évoque les réorganisations sociales, sa poésie est enseignée dans les universités, et les cercles intellectuels le considèrent comme le guide moral des tendances modernes. Valère Brussov, le jeune et distingué poète, l'a traduit et l'a mis ainsi à la portée du peuple.

Ses ouvrages commencent également à se répandre dans les autres pays slaves. Il ne rencontre que des partisans en Allemagne, ce pays des transvaluations, qui préfère la poésie à toutes les formes de la critique littéraire, et qui place dans une conception cosmique le plus noble effort d'une vie et d'une œuvre. Richard Dehmel, Rainer Maria Rilke ont pour lui une admiration presque fraternelle ; Johannès Schlaf lui a consacré un livre enthousiaste ; Otto Hauser, Oppeln Bronikowsky, Erna Rehwoldt ont traduit ses ouvrages. Et cette terre germanique, où Maeterlinck trouva sa vraie patrie, est devenue aussi pour Verhaeren une patrie d'adoption.

En Scandinavie, Ellen Key, la prophétesse fervente de la foi en la vie, lui a voué un véritable culte ;

Georges Brandes lui a fait un accueil des plus chaleureux. Il n'est pas jusqu'à l'Amérique qui ne commence à célébrer le frère congénital de Walt Whitman. La gloire de Verhaeren grandit tous les jours, en une ascension sûre et continue. Et surtout on ne voit pas seulement dans sa poésie une simple manifestation lyrique : on y voit une œuvre, une conception du monde, une réponse aux questions que soulève notre époque, un enrichissement grandiose et sublime de notre sentiment vital. Son nom triomphe partout où les esprits, fatigués du pessimisme, las d'un mysticisme confus ou de l'inanité moniste, se sentent attirés par une méditation purement idéaliste.

Verhaeren verra sans doute s'éveiller de nouvelles sympathies. Les masses ne peuvent s'éprendre que lentement d'une œuvre comme la sienne, qui n'est ni assez brillante, ni assez paradoxale pour provoquer des enthousiasmes subits et jouir d'une vogue immédiate. Cette œuvre est le fruit d'une évolution organique : son succès doit s'accroître d'une façon organique et par conséquent ininterrompue. Les générations futures goûteront les fruits dont nous avons, avec une admiration toujours nouvelle, prévu la maturité dans leur floraison première. Nous qui, avec quelques rares admirateurs, nous sommes entièrement consacrés à son œuvre, nous ne pouvons la juger qu'avec ce sentiment que Verhaeren a voué à son idéal suprême : une reconnaissance et un enthousiasme toujours plus ardents, une ferveur joyeuse. À qui ferions-nous donc hommage de cette doctrine nouvelle d'une inlassable admiration, sinon à celui qui le premier, au prix d'une lutte douloureuse, l'a fait surgir des profondeurs de notre temps, pour l'ériger, d'un geste sublime, en loi éternelle de vie ?

Œuvres d'Émile Verhaeren

POÉSIE

Les Flamandes (1883)
Les Moines (1886)
Les Soirs (1888)
Les Débâcles (1888)
Les Flambeaux noirs (1891)
Les Apparus dans mes chemins (1892)
Les Campagnes hallucinées (1893)
Almanach (1894)
Les Villages illusoires (1895)
Les Villes tentaculaires (1896)
Les Heures claires (1896)
Les Visages de la vie (1899)
Petites légendes (1900)
Les Forces tumultueuses (1902)
Toute la Flandre (1904)
Les Heures d'après-midi (1905)
La Multiple Splendeur (1906)
La Guirlande des dunes (1907)
Les Héros (1908)
Les Villes à pignons (1909)
Les Rythmes souverains (1910)

Les Heures du soir (1911)
Les Plaines (1911)
Les Blés mouvants (1912)
Les Ailes rouges de la guerre (1916)
Poèmes légendaires de Flandre et de Brabant (1916)
Les Flammes hautes (1917)
Kato (1918)
À la vie qui s'éloigne. Trois épîtres lyriques, Sept épitaphes, Au-delà, feuilles tombées (1924)
Belle chair, onze poèmes inédits (1931)

PROSE

Les Contes de minuit (1884)
Joseph Heymanns peintre (1885)
Rembrandt (1905)
James Ensor (1908)
P.-P. Rubens (1910)
La Belgique sanglante (1915)
Anvers, Malines et Lierre (1916)
Parmi les cendres. La Belgique dévastée (1916)
Le Travailleur étrange et autres récits (1921)
Impressions (1926-1928)
Sensations (1928)

THÉÂTRE

Les Aubes (1898)
Le Cloître (1899)
Philippe II (1901)
Hélène de Sparte (1912)

Table

TROISIÈME PARTIE
1900-1910

**PAPIER À BASE DE
FIBRES CERTIFIÉES**

Le Livre de Poche s'engage pour
l'environnement en réduisant
l'empreinte carbone de ses livres.
Celle de cet exemplaire est de :
350 g éq. CO_2
Rendez-vous sur
www.livredepoche-durable.fr

Composition réalisée par PCA

Imprimé en France par CPI
en novembre 2016
N° d'impression : 2026320
Dépôt légal 1re publication : mars 1995
Édition 03 - novembre 2016
LIBRAIRIE GÉNÉRALE FRANÇAISE
21, rue du Montparnasse - 75298 Paris Cedex 06